罗伯特·斯通
Robert Stone

黑发
女大学生
之死

DEATH OF THE
BLACK-HAIRED GIRL

吕玉婵 译

上海文艺出版社
Shanghai Literature & Art Publishing House

献给伊恩

一

"你看起来像被俘虏的白人。"雪儿贝对茉德说。

茉德照着浴室门上的镜子,见到自己裹着一条萨利什印第安毯子,像冬天一样苍白。她把毯子拉紧一点,包住大腿和肩膀。她的肌肤非常白皙,但是洗澡后显得很红润。

"真的?"

"真的。"室友说。

茉德在套房凸窗旁缩成一团,阵阵砭骨冷风从建筑灰泥和老旧砖石之间的隙缝钻入,她冷得瑟瑟发抖的模样很性感。在公园另一头,惨淡曙光照在哥特式塔楼的小尖塔与花饰窗格上，人行道两侧的榆树树干自东南向西北逐一散发出灰光。乍然间，街灯通通熄灭了。

多么萧瑟，多么动人，她好庆幸人在屋里。她喜欢清晨，喜欢取暖抵抗十字栈宿舍凛凛的穿堂风，不用在屋外冷酷的街道上受冻。她把毯子拉得更紧，朝左右甩了甩头发。茉德的头发十分柔顺乌黑，在白皙的肌肤，红润的血色和湛蓝的眼睛衬托下，这一头秀发益发显得闪闪动人。她一直留着长发，没想过挑染或剪成朋克头来搞怪，只是偶尔用电卷棒卷出六十年代流行的少女发型。真漂亮——这是茉德太过频繁且太年轻就听到的字眼。读高中时，她有一次想从大都会博物馆艺术品店偷一本画册，因为有一个老师说惠斯勒画的一个女孩跟她长得很像。

他们在外头的阶梯口拦下她。店长亲自尾随茉德穿过拥挤的大厅，在梯顶阻止她逃走，然后站到一旁，得意得都发抖了。另一位店员叫她从防风大衣内拿出手提袋。茉德哭了，那个丑恶的老太婆很满意。事情已经过了五年，她还是记得那一次受辱的分分秒秒，甚至记得那个春日的气候，以及博物馆门口冷漠观光客手肘互推的表情。她怕失去全国资优生奖学金，怕父亲知情，结果,什么事都没有发生。

茉德继续揽镜自照,把头向前弯,让头发从前面垂下。她原本考虑主修艺术史,后来改念英文系,专攻写作。她挺直身体照镜子,她的脖子线条优美,肌肉坚实。

她看见公园旁的教堂前方有游民聚集等待领取餐券,像动物挤成一团,从垃圾堆捡来的滑雪衣底下露出发泡塑胶。有两三个想在狭窄的公园栏杆上找个位置坐下。在八十年代,栏杆上装有尖刺,防止有人在那里乞食拉屎,有碍观瞻。一间新开的连锁加盟旅馆把正门设在马路对面。

栏杆改了,市公交车的站牌也移到下一个红绿灯口。有人出来抗议,该抗议时总会有人出面抗议。抗议人士谴责公园管理处给予旅馆方便,迎合民众对游民、穷人及残疾人一贯的偏见。茉德写了一篇既诙谐又激昂的文章登在校刊专栏,嘲讽反对那次大受赞扬的行动。当然,工程竣工后,不止是多数在市中心的上班族,连大部分在附近校舍上课的学生也觉得舒适多了。连茉德也不得不承认,以前每天经过那里都是一种折磨,少了穷人,公园看起来无疑较为赏心悦目。

外头早晨的人潮还未涌现,一辆公交车停在终点站,引擎兀自转动。人车疏落,只有几个值夜班的大学工友朝公园的地下停车场走去。

"哟嘿,"茉德的室友说,"你今天要干吗?"大家都叫她小贝。

小贝是演员,在几部小众艺术电影院放映的那种独立影片里演过重要角色,全名是雪儿贝·马戈芬,老家在肯塔基州东部。她必要时说家乡话,但会模仿很多种口音。小贝为摆脱穷困的成长背景,太年轻就步入婚姻,目前正在攻读戏剧学位。她不是那种明艳动人的演员,但是令人过目难忘,在旧日的好莱坞,纤瘦的身材和古怪的行径应该能让她获得性格角色的出演机会。偶尔有人问起她的婚姻——好奇的同学会问:"那家伙有消息吗?"

小贝会唱茱蒂·柯琳斯的歌来回答:"哦,我第一个爱过的男孩。"

"没有,"她告诉他们,"从来没有。"不是真的,那家伙有时会打电话找她。

"你今天跟老大约会?"小贝问。

"约了一大早。"茉德告诉她。

她把头发盘在黑色海军针织帽底下，借了小贝的连帽夹克，套上松垮的工作裤和登山鞋。贴身内衣倒是很讲究，以免遇到如她母亲常说的突发状况，万一被公交车撞了，或者像做妈的刻意没说出口的话——以免一时性起难耐。

她们抄教堂旁边的近路，这时教堂敲起了七点的钟声。走这一条路，茉德会经过公交车站与流浪汉队伍，但她认为避开是畏缩且不道德的行径。

两个女人走到爱德街时，早晨交通高峰开始了，几名路人快步朝大学和公园远侧的办公大楼走去，车辆困在红绿灯口，比较健壮放肆的穷人——主要是排在队伍前头的年轻黑人——钻进车阵中说话。

"哟，喂喂，凯迪拉克大哥。"

但司机开的不是凯迪拉克，就算是，也已经补补修修开了十二年，更何况很多车是女性驾驶。凯迪拉克大哥在这个时段不会出现，但到了十点则蜂拥而至，此外还有绅宝大人、宝马大爷、体贴的富豪老兄。郊区的风骚女子则开着像艾布兰两吨半坦克的福特稳达或吉普民用款。于是车阵起了一阵骚动，复古车门纷纷上锁，直率的辛苦上班族翻起白眼，在摇起的车窗后方无声咕哝。年长男子走出公共停车场,手插口袋,一直看着街面。成群结伙的年轻白人红着脸,憋着一肚子气,一笑置之,乞丐也红着眼笑他们,作势唬人。

其实去年已经开过高峰会议,与会的有市政府、大学、警方、游民联盟及公园委员会。与会者被提醒小心使用某些字眼,包括:脏鬼、醉鬼、懒鬼、人渣、废物、公害、土匪、社会寄生虫、前科犯、弱势、穷人、罪犯、囚犯、游民。议会刻意重视双重文化,把cabrón(狗娘养的)、criminal(犯罪)、ratón(鼠辈)、ladrón(小偷)等西班牙语字眼也加到留意名单中。因勒索起诉被捕又获保释的市长,对挣扎经营的权威大报提出评论,他的话用颜色有趣的墨水印成铅字。

"这是我们不想在我们的城市听到的用语。"市长说出他的祷告。

乞丐看着两个女人走过,少数几个故作傲慢冷漠。雪儿贝穿着格纹保暖夹克,戴圆弧曲面造型午夜色调的欧克利墨镜,没有平常时候亮眼。穿平底登山鞋的茉德身高一百八十厘米左右,跟雪儿贝走在一起,显得高许多,不过很多大学女生比茉德还要高。女学生——绝大部分不满二十岁——平均比男性市民高。

刺骨寒风从海湾吹来，打在她们的身上。从公园另一头过几个红绿灯路口就是海湾，海风顺着河道吹上陆地，十字栈所在的街角簇集着银行大厦和保险公司大楼，狂风在紧簇的建筑中打转。公园另一侧旧校区的哥特式中庭，整个冬天也是冷风飕飕。山脊巍然屹立在大学、肖勒姆贫民窟及诺斯威尔贫民窟的后方，四季在污秽的城市中流转，山背于冬日展露其裸岩、枯叶、褐色枝丫与杂色的雪。几世纪前，上帝竖起山脊，保护殖民部落和大学，不受山另一头野蛮异教徒和罗马天主教徒的伤害。大学永远需要保护，也永远受到保护。

茉德是一个十足的都市少女，一开始根本没有注意山脊，只知道慢跑上山会有危险。不过小贝是山里来的女孩——她喜欢自称"山地妞"——每次走在十字街头都会郑重表示对山川的敬意。

"我要向山举目；我的帮助从那儿而来[①]。"她总是这样说。当然，这只是玩笑话，是小贝对自己、家乡的人与他们的上帝所开的玩笑之一。新生训练包括一趟生

[①] 改自《圣经·诗篇》第一百二十一章，原为："我要向山举目；我的帮助从何而来？"

态步道之旅，走着走着，小贝陡然停下，两步之外，有一条东部横纹响尾蛇在晒太阳。蛇醒来，抬起头，斜斜滑行，坚守阵地不肯让步，蛇尾快速嘎嘎响动，变得模糊不清。一对蛇眼非常阴毒。

茉德在新朋友后方的几步处，看见那东西大叫："哎呀，什么恶心的东西！哎呀，小贝！"茉德以为雪儿贝·马戈芬跟海贝一样，是粉红色的，而且很脆弱。她偶尔拿名字取笑小贝①。"海贝，小心！"

带队学长托着小贝的手肘引导她，转身把她带离蛇的攻击范围。"浑蛋。"小贝忘恩负义低声抱怨。

"以前见过又粗又大的响尾蛇吗，小贝？"嬉皮模样的年轻人问。

"只在教堂见过。"小贝告诉他。

其他新生听到了。他们注意到茉德讲纽约流行的粗话，而小贝绝妙的回答——无论他们是否听懂她暗指五旬派教会的抓蛇仪式——他们知道这个回答很酷。雪儿贝·马戈芬之后永远成了海贝，但大家都不太清楚名字的由来与意义。后来同学发现原来她是大学生会看的那

---

① 雪儿贝（Shelby）与海贝（Shell）的拼法相近。

种电影里的演员,便以为那个傻傻的名字跟她演戏有关。

十字街的乞丐通常不会搭讪茉德或她的友人,其实应该这么说,他们几乎不会找特别漂亮的女孩子攀谈,该有的调侃都没有。堕落的少年与女大学生之间没有挑逗,而是存在着太多的不平与忿气——存在着代代相传的阴影,围绕羞愧与怨恨,甚至耻辱与命案。不好的事发生过,大家都学乖了。

那个早上,茉德和小贝发现她们朝同一个方向走去,到了斯托达德街,沿着公园走过黑尔门,要去上当天第一堂课的年轻人加入她们的行列。

"你又没课,"小贝对友人说,"干吗这么早起?"

"约了人喝咖啡。"

"跟他?"没有等待回答,小贝告诉茉德:"我排练到九点以后,晚上可以一觉睡到天亮。"小贝看着她的眼神既挖苦又同情。

"谢了,朋友,他今晚没空。"

"我本来要说的,"小贝说,"可我没说。"

开始下雪了,虽然似乎冷得不会下雪。"反正只是约了时间。"茉德说。她们继续低头走向贝氏咖啡馆,那是离校园最近的咖啡馆。

"带咖啡给他?"

"嗯,"茉德说,"冷咖啡约会。"

"老男人才好,"小贝取笑她,"他们——呃,懂的事多好多好多。"

小贝往成名之路的职业生涯已经让她近距离接触了所谓的成年人,其中有些人大名鼎鼎,据说能呼风唤雨,但她并不觉得有什么了不起。

贝氏咖啡馆开在一楼。四层楼的建筑本是办公大楼,后来改建成精神病人出院后的中途之家。中途之家的住友把咖啡馆当成总部,从天亮聚到晚间七点。贝氏咖啡馆把户外椅子留给住友,他们不分晴雨冷热都坐在那里,成天霸着,行为和浑身散发出的古怪让咖啡馆有种扰人的不安氛围,坐下来喝份浓缩咖啡的外地人,也能立刻察觉这些客人奇特的激烈情绪,朗朗高谈的对话不时穿插放纵的笑声或临近精神失常的沉默。一股不当的情绪气氛弥漫着,有人喜欢这种气氛——艺术系学生与雪儿贝·马戈芬就喜欢。这种气氛让茉德心里发毛,但她想喝几口咖啡,便还是随着小贝走过砖面广场。

精神病客人被称为住友或病友,露台椅子偶尔会空出来——譬如当病友结伙上附近的喜互惠连锁超市购物时。超市离可怕的市中心贫民窟只有四条马路，独行或两两做伴去买东西，可能会碰到人找麻烦，甚至对他们动手动脚，从比较年轻的游民到警察都有可能打人。在那座城市的垂直社会结构中，住友地位低下，不受欢迎，又没有什么自卫能力，没有人相信他们所说的话，也就没有人理会他们的投诉。随处可见女大学生自信走路的街道，对中途之家的人而言是很危险的。似乎只有骑马的严厉女警对他们客气，知道他们的名字，许他们像小孩子一样轻轻拍打自己的马。骑马的女警对中途之家住友老大赫伯特也以含蓄而滑稽的尊敬对待，赫伯特靠着大嗓门和渊博常识成了住友老大。

女孩拐进贝氏咖啡馆时，赫伯特正坐在老位置，积极迎战即将到来的暴风雨。赫伯特是唯一男性常客，习惯对女孩子说话，也理所当然以为那是他的权利。"嗨，小贝！"他扯开大嗓门喊，"海贝！"

小贝对他笑一笑，拍拍他的肩膀。茉德的礼貌微笑也许能瞒住多数人她内心的嫌恶，但是唬不了赫伯特。

茉德和小贝在点餐柜台点了本日咖啡外带。茉德买了两杯大杯的，服务她的是一位西班牙来的俊美年轻人,他是音乐系研究生,把头发漂白,戴着一排三枚的耳环。接着两个女孩穿过咯咯发抖的中途之家群众来到街上,赫伯特正在大声朗读地方报纸,复述一则市长惹上官司的报道,一旁没人在听,风越来越强劲。

小贝和茉德分道而行,赫伯特从报纸里抬起眼,悄悄看着她们。

"嘿,玩得开心,小姑娘!"赫伯特在她们的后面追喊。"祝福这个世界,祝福在这个世界闯荡的每一个人。"他一只手搁在腿上,看着她们消失在第一阵的鹅毛大雪中。

走到皮巴迪方院栅门,茉德停下脚步,将两杯咖啡放到冰凉的石板人行道上。她得掏出可以开启学院栅门电子锁的学生证,过了栅门,还需要再开三道锁,才能抵达她要前往的房间。

七年战争[①]里第一把印第安短斧的斧刃,如今坐落在大学唯一的粗重橡木门上。门与进门权利向来不可轻视。这些年来,这道门后不再拉上插销,成了粗莽新英

---

① 十八世纪后半叶发生的国际战争,以英法为首的欧洲两大军事集团,为争夺殖民地与霸权而开战。在北美殖民地,印第安人与法国结盟攻打英国。

格兰工业城世家子弟必要的聚会胜地。六十年代来到，男女合校教育与还权于民运动兴起——三教九流的人涌进校园，甚至出现了一间孤立的男女混用厕所，厕所盖了还不到一年，就在尴尬之中失去光彩。此外，还有"敞开校门""打开巨门""开放校园"等运动出现。接踵而至的是禁毒、抵制犯罪以及市民和大学师生之间的怨恨不满，为时短暂，但场面难看。开放的结果是更多的封锁，锁匠日夜赶工，现在校园每样东西都有三四道门——甚至职员办公室也防止外人闯入。年迈的讲师退休了，因为他们有一半的工作时间，在节约能源的冷峻光线下，试图分辨钥匙圈上的哪一张卡片或哪一把钥匙，能打开研究室第一层、第二层、第三层等等的门。茉德跪在布鲁克曼教授研究室的门前摸来摸去，弄出叮叮当当的声响，带来的咖啡在冰凉的石头上冷了下来。

二

在大学最古老的科特兰楼,史蒂夫·布鲁克曼有间格外惬意的研究室,地板铺上波斯地毯,船长椅与花饰铅条凸窗都刻着校训:*Lux in umbras procedet*(在黑暗中推进的光明),这句话指的是大学希望以不灭之火对抗阿尔冈昆人①的旷世决心。

布鲁克曼的书桌堆着该打打分数隔日发还的学生作业,昨天他彻夜未眠逃避责任,此时作业整齐叠放在绿

---

① Algonquians,北美印第安原住民人数最多、分布最广的语族,曾为欧洲人殖民美洲的一大阻碍。

色大学桌垫上向他示威,看来不得不批阅一下了。在那一个不寻常的早上,他觉得他宁愿去死。

没错,大部分报告都枯燥乏味,但那不是布鲁克曼的难处。真正叫人烦恼的是,这些报告中有些可能颇有创见,风格具实验性,论证新颖或别出心裁。这些年轻学生由高中老师负责送去机场来到此大学——有杰出的大学预科生,有跳级念大学的天才,有四肢发达头脑也不简单的学子,有科科拿满分的女生,有注定遭时间巨轮举起或挫伤的年轻人。据说有的学校会教授学生统领世界的技巧,十九世纪一位受人尊敬的预言家说过,布鲁克曼任教的大学自认是审查特权的道德权威,情操高尚许多。

他自天亮就听见外面的安第斯笛,笛音尖细萧瑟,音调冷凄。这个乐音天天出现在校园附近。他从最上面拿起一份报告,居然一拿就拿到茉德·史塔克这个年轻人的。昨天她的报告不在这一堆中,他因而断定她进了这栋楼,自行进了他的研究室,因为他去年疏忽大意,给了她一把研究室钥匙。他暗想,或许可以自费把研究室的锁悄悄地换了。这让他有点内疚的奇怪想法,同时夹杂大难将至的感觉。

茉德的报告跟以前一样太长，还迟交一周。茉德总是迟交作业。她总在最后期限逼近时交，想必又是乍然迸出一股近乎疯狂的劲头和精辟见解才开始动笔，写出来的报告可能叫人拍桌惊叹。即便在对茉德还不是特别有意思的时候，他也会怀着翻腾的期待拿起她的作文，而那份期待并非没有畏惧存在。畏惧她再一次打进他的内心，畏惧他替自己打造的平顺生活，以及这段人生里的挚诚与神圣忠贞，可能会因她而消失。

那天学生报告的题目是马洛的《浮士德博士的悲剧》。茉德对这部作品无好评，喜欢看书的学生绝对不会喜欢《浮士德博士的悲剧》，他们会认为这部作品是低俗的娱乐，粗野而没文化。

在引起她注意的那一段，博士问魔鬼靡菲斯特，他如何在地狱服刑，同时到处引诱痴迷的知识分子。

"哎！这里就是地狱，"魔鬼说，"我也没有离开。"

"莎士比亚——"茉德写道，"绝不会对上帝如此不敬。"

布鲁克曼在她这一行字旁写下："没错。"

就是这句话让她不悦，对一个被宠坏的女大学生而言，这是一个古怪而早慧的见解。讨论时，他要告诉她这一点，但不会明说。

茉德认真且坚定地爱着他。要是可以开玩笑，他会笑她年轻不懂事，但不能开玩笑，因为现在的情况不是可以开玩笑的。她确实年轻不懂事。

茉德是个感情丰沛的人，布鲁克曼也是。他也会沉迷着魔，这其实就是他能成为畅销旅游冒险作家的根本原因。他迷恋茉德一年了，不只因她美丽又性感撩人，也因为她的青春，因为她才气横溢的瞬间，因为她眼眸后方躁动的生命。

火焰依旧灿烂，只是火苗烧出另一种烟雾。以茉德的性情，必使他吞下失落的毒液。只有一种爱，他不能够多想失去它的下场，而那不是茉德的爱。几天前，布鲁克曼结缡十一载的妻子，带着自信和喜悦，向他证实自己怀孕了。妻子这个学期休假，从加拿大感恩节①就回到娘家，位于萨斯喀彻温省的农庄，十岁大的女儿也跟着去了，留下布鲁克曼自由行动。他深爱着妻子，满怀内疚，盲目挂心着她们安危。他已下定决心要与茉德断了。不计代价。布鲁克曼从书桌走到面向四方庭院的

---

① 十月的第二个周一。

都铎式窗户,拉开灰色和黑色窗帘,帘上亦有传教时代关于黑暗、光明与改变原住民信仰的救世校训。书桌实在是老旧了,这张滑盖式写字台是查尔斯·桑德斯·帕尔斯,还是哪个十九世纪名门出身的学者遗赠给学校的。

他看到方院外头有一名中年男子从容地朝街门方向走去。校园庭院和走廊随时有几个这样游魂似的人徘徊,经常出现的人警卫都认识,世贸中心事件还未满三年,就准许他们自由出入。艺术系学生有办法叫他们坐着不动,学生还是爱找这些人当模特儿,他们有着大学生一辈子会忆起的脸庞,但是学生记不起他们是谁,想不出是在哪里或在何时见过他们。布鲁克曼心想,也许茉德记得他们其中某个人,找到了已经在地狱的浮士德。世界像地狱——一个未成年的女孩领悟到这句台词,这不是很不寻常吗?不见得,是父亲的影响,她的父亲以前是纽约市警察局刑警,她的母亲,死了。

布鲁克曼观察的男子四十多岁,在学校附近徘徊很长一段时日了。他住在市中心,他的父母给他买了一间小公寓。他不用背包,除了美廉超市、塔吉特平价百货和 7-Eleven 的塑料袋,还拎着一个破烂的公文包,上头有逾二十年前学生时代贴上的大学贴纸。他偶尔盯着路面默默走着，其他时候则与看不见的人交谈，对话听来非常细腻，富含文化修养，所以新生和新来的教职员工会误以为他正在和自己说话，或者正在打手机。他有时生气起来大吼大叫几声，但与许多妄想症患者一样，他已经学会不招惹真人，真人——在市中心——可能召唤来更多现实。

布鲁克曼停在窗口观察他，不难想象这男人整晚坐在家人买给他的房间。布鲁克曼好奇他是一个人，还是他所听见的声音会陪伴他度过子夜时分？他会不会开灯，还是与他们坐在黑暗中？他看得见他们？或他们只是声音？他们的身份为何？他们对他好吗？他们会惹他生气吗？想必他并没有从他们口中得知什么好消息。

这人有时信步走进校舍搭电梯，警卫从不阻拦，也没有人会去烦他。他搭电梯时，如果有人进来，他就会出去，即使刚踏进去，也一样会走出来。假使被一群人困在电梯中，他会开始装得极其正常，掏出手帕擦眼镜，不知道向谁亲切地点头，忽略他的那些声音。而电梯一停，他就往外冲，显然十分焦虑。疯狂在大学并不少见，也有人像这个男子永远在母校迷宫中摸索前进。

布鲁克曼依然在窗前望着方正的院子，唯一的色彩是草地上让秋天染黄了的草，天空与人行道及新礼拜堂的罗曼式塔楼是同样的色调。天空下起了小雪，雪花稀疏飘落，微微振奋了人心，因为这个月又阴又湿，不是真正的寒，而是沁心的冷。

他注意到提袋子的男人往回走，用最快的步伐闪避一票因下雪而兴奋的喧闹学生。他眼神呆滞，收起下巴，咬紧牙关。他不喜欢落在秃得厉害的脑门上的雪花，不喜欢快乐的年轻人。没多久，他又会转身，回头朝他那些声音走去。布鲁克曼心想，疯癫要花好多工夫。

布鲁克曼研究室的深色门板响起敲门声，先是响亮的一声叩，停顿之后是两声快速的叩叩。这是无调性摩尔斯电码里的 D。布鲁克曼教了茉德几手他过时的航海训练方法，一项几十年无用的技巧，竟是在这样的时刻派上用场。

细小的雪花停落在她针织帽缘跑出的发绺上，布鲁克曼迅速朝走廊的两头瞄了一眼，茉德察觉到他又愧疚又鬼祟的表现，往后拉下罩在针织帽上的上衣兜帽嘲笑他。他把茉德拉进去——他抓住茉德的外套包起她的身子，用力将她拉进研究室，动作有点暴力。茉德脚边装着冷掉咖啡的杯子翻倒了。

"救命啊。"她说。

"你不要介意。"他边说边走向镶饰窗户,拉上积着灰尘的窗帘。*Lux in umbras procedet*。接着,他吻了茉德,发现自己又因茉德而心荡神驰。他仿佛可以吸干她,制服她,吞噬她,耗尽她所有的香气与灵巧的转动,她结实的运动员身躯。或者,被耗尽的人是迷惘且无法逃脱的他。

"咦,"她说,"你硬了。"

"不要讲粗话。"他说。他过了一会才听懂她的话。茉德不喜欢这句责备。

"粗话,什么?"茉德用激动又稚气的态度要求他回答。"你觉得那是粗话?你这个假正经的中产阶级。"

"假正经的无产阶级。"他至少环游过世界一圈,从没想过自己是个故作正经的人。"或者其实是更低俗的阶级。"

不久,他坐在书桌上,茉德在几乎比桌子还低的高度替他口交。他只能想着那薄长的唇,以及突然——似乎就在一天之间——会意的双眼。他俯身将茉德柔滑的黑色长发绕成一圈,缠着秀发的手指往下抚摸她的颈背。

事后他在余韵中无法回神,坐着看她的一举一动。她肆无忌惮给他飞吻,嘴唇贴上手指。

他只能想到要说:"噢,宝贝。"

不提诗,也许不宜?绝对不能说他此次会面原本打算用兄长口气闲聊的那一番话。

"我爱你,"她说,"我爱你的大脑,你的老二,你的膝盖,你的眼睛。我爱你做作愚蠢的刺青,我不怕,你不怕,但我非常非常恐惧我这么喜爱你的肉体,布鲁克曼教授,你爱我不会怕吗?"

"也许我不爱你,茉德,也许我只是迷恋你,迷恋肉体和灵魂。"

"你现在让我怕了。"茉德说。

"我们所拥有的东西很恐怖,我们两个都将活在恐惧中。"他看得出茉德快哭了。

"可是——"茉德说,"跟你老婆在一起,跟那个小牧羊女、那个什么什么阿比尔派教徒的在一起——就都是惬意甜蜜,一片光明灿烂,是不是?"

"没错,不过你是小妖女,应该处以绞刑的亡命之徒,说不定我们会为了彼此被吊在绳索上,在雨中摆荡。"

茉德扣住他的身体,用最大的力气抱住他。茉德在发抖。

"你让我害怕,史蒂夫。"

"因为我爱你。"他说。然而,爱,其实不是他对茉德的真正感受。日后他将长时间思索他原本想讲的是什么。

"你对莎士比亚和马洛的看法,我觉得说得一点也没错。"一切收拾整齐后,布鲁克曼对她说,"浮士德啦,地狱啦,都观察入微。"

"觉得我说得对?"

"对。"

"为什么?"

"你告诉我为什么。"布鲁克曼说。

"因为莎士比亚从来没说过世界是地狱,这种话亵渎上帝。"

"莎士比亚说过几句诋毁世界的描述。"

"没错,但他不会让靡菲斯特是对的,他们俩都知道一滴耶稣的血就能救他。"

"你真是一个邪恶的小东西,"布鲁克曼说,"出去,你究竟来这里做什么？"

"我想见你，你老婆她……？"

布鲁克曼的妻女要提早回来，回家陪他一块庆祝圣诞节。艾丽的双亲是门诺派，或多或少排斥圣诞节，却还是期待女儿与孙女在冬天时回去。看着茉德，布鲁克曼注意她的额头闪过一丝的怨恨，她不喜欢听他家里的安排。

布鲁克曼打断她。

"我们还不知道她什么时候能回来，加拿大西部有暴风雪，飞机不一定能飞，但也可能会飞。"

"但我想见你。"

"我们会见面的。"

"晚点打电话给你，史蒂夫，"她说，"得去买个扭结脆饼，然后去上课。"

茉德走出门，布鲁克曼走向窗户，再次拉开窗帘，看着她穿过方院。冻雨黏附在路过学生的外套上。布鲁克曼早先看到的那个男人站在临街栅门边，盯着茉德走过去。

他又拉上印有纹章的窗帘，接着关了灯。那样的家庭生活琐事让茉德更接近他，因为茉德在非咨询时间到研究室时，他就是跟她聊家庭生活。

约了时间的学生快来了，在茉德狂乱的意识流，与当天第一个真正来讨论课业的学生之间，布鲁克曼想要休息一下。他将滑轮椅往后踢到墙边，把脚抬放上去。房间依然闻得到茉德的香水，以及她身上那种女学生的肥皂味，布鲁克曼感到自己难以将她赶出脑海。

三

十字栈——茉德和小贝的宿舍——看得到城市和校园美景。在二十及二十年代,这里是本地最好的旅馆,时间久了,和城里所有其他东西一样都衰败了,终究成了一间许多人吸毒、自杀的破旅社。最后,学校取得产权,改成宿舍,保留原本一些"新艺术"风格的作品和嵌板细工。小贝认为宿舍还是很阴沉,常说这里住的毒虫跟福利旅馆①一样多,轻生人数也几乎不相上下。这句话讲得太夸张,不过,小贝觉得昏暗的走道,满是灰

---

① 领福利救济金者找到住处前的屈身之处。

尘的镜子,流芳百世的学者其肖像都令人意兴阑珊。她一眼就能辨认出廉价旅店,杀虫剂的味道和等着焚烧的垃圾是其中线索。小贝和母亲曾在福利汽车旅馆住过一段日子,那间旅馆位于一条流经林地的褐色河流边缘。

上完诗词课回去的路上,小贝接到前夫约翰·克雷马的来电,立刻把手机关机。后来他打学校自动服务专线找她。小贝如果特地走过去把话筒拿起来,忽略接下来嘈杂的声音和似有似无的脏话,好像会很没面子。约翰·克雷马那疯子难道要逼她躲去外头忍受寒冷的天气?倒霉死了。

小贝有禁止前夫靠近的保护令,但保护令其实无法免除他的来电干扰。总之,他提起保护令时,经常用一种小贝觉得很讨厌的口气大笑。为了让抽象的法律化为现实,小贝买了一把绍尔德国空军式自动手枪,当疯约翰打电话来,就把枪放在膝盖上,提醒自己"人总有一死"的三段论法[①]。

"喂。"她甜甜地用英国腔说话,为了征选某个角

[①] Syllogism,又名"三段论证",由三个判断句组成,分为大前提(人总有一死)、小前提(约翰是人)、结论(约翰会死)。

色，她利用录音带学了几种英国腔。

"小姐，"疯约翰说，"请找雪儿贝·马戈芬小姐。"

雪儿贝说："恐怕没办法。"

"没办法？"

"喂喂，约翰，按理你不能打电话找我，写电子邮件来。"

"雪儿贝？宝贝？"

"干吗叫得这么亲密？我以为你讨厌我可怜的灵魂。这是你自己说过的。"

"我以为你想要一个真正的男人，我不想伤害你。"

"不要当我是年幼无知的小女孩，约翰尼，不要以为我在这里没办法叫人去逮捕你。你什么时候才能长大？"

雪儿贝在学校经常接到怪电话，来电的不只有她的前夫。她避开那些三流狗仔的雷达侦察，但前一年拍了一部叫《直捣地狱》的惊悚片，从此陆续接到影迷的来电，影迷说他们喜欢想象她穿不同戏服死掉的样子，他们想跟她约会。经纪人给她一组"代理人电话"，这些人怎么拨都是空号，但不论她换了多少次号码，那些王八蛋好像都能想办法找到她，疯约翰也是。这种电话不多，但根据她当时的心情，会引发一定程度的郁闷。

"记得你说过我是一个好人？"约翰问。

"嗳，你是一个好人，约翰尼，只是——"她想起跟疯约翰在一起的情景，"只是你要的不是我要的，我要的不是你要的，彼此迁就不来，过去永远过去了，而且……你知道的，老兄，不要来烦我，可以吗？"

家里的人早警告她要小心约翰·克雷马。他比她年纪大——大了将近十岁——而且疯疯癫癫的，他们一家人都有情绪问题。不过，他的样子帅毙了，在十六岁的小贝眼中尤其帅气。他唱起歌来好像上帝私人的阳光天使，他有黑色鬈发，红润脸颊，比普通人鼻孔露出更多的朝天鼻，而她——别问原因——觉得那也很可爱。十几岁的她相信，他长得像天使，唱歌像天使，搞不好真是一个天使。他弹吉他，在教堂唱歌，规规矩矩讲话时，声音喜悦动人。几个米德尔伯勒来的少年，甚至让他自己出钱灌了张祷告CD，名字叫"为见不到异象者祈祷"，他在CD上放了自己和小贝合眼祷告的照片。结果，片子不能放，他跑去米德尔伯勒找那帮少年，他们告诉他只有盲人才听得见。约翰还付给他们一百五十美元。尽管约翰永远不会知道，小贝印在 CD 上的照片日后却带来惊人的效益——对小贝而言，不是对他。

随着小贝年纪越来越大，约翰性格也越来越古怪，所以小贝说服母亲把约翰·克雷马关起来。她母亲原本是网络灵媒，后来弄了个学位，当了精神病科护士。约翰被关起来后，小贝的人生为之改观，她当上演员，还离开家乡，到埃姆斯伯里——约翰口中的"地狱之家"——读大学。

约翰希望小贝的灵魂获得拯救，两人联袂表演基督教音乐。而小贝希望给约翰的脖子绑上石头，把他扔到大海深处。当年说服他们结婚的，是跟约翰一样怪里怪气但谈吐文雅的阿姨凯拉·莉莉。好可怕的主意。

"你自己对我说过，我是一个好男人，"约翰在电话里对雪儿贝苦苦哀诉，"我来唱歌，我们一起祈祷。"

"天啊，"小贝说，"饶了我吧，约翰。"

"听着，我会宽恕你，"约翰说，"只求你让我带你回家。"

她认为最好别提起保护令，但是她快没耐心了。

"我也宽恕你，约翰尼，只……求你让我过自己的人生。"

疯约翰不屑她的新人生。约翰开始跟她讲他的新工作,她终于忍不住发飙了。他说,很赞的工作,在布恩国家森林。

"干什么的,约翰?制作海洛因?割熊胆?煮人参?种大麻?你年纪这么大了,做不了那种狗屁事吧?"

他根本一件也做不了。冰毒毒枭觉得他是告密者,是小偷。他不会分辨人参和野葛(那你倒可以放心交给小贝分辨),他没有种大麻必要的资金,在他找到莫斯伯格霰弹枪的安全阀前,熊已经吃了他的胆囊当午餐。

"你实在很贱耶,"约翰说,"他妈的电影小贱妇。"

"嘿,约翰,"她说,"讲话要公道,约翰,听我说,你知道什么是'个人风险评估小队'?"

"那是什么?"

"个人风险评估小队是为我这一行提供的警卫队,他们正在监听我们的对话,你再死缠我,我就请他们插手。"

她趁着接下来的沉默挂上电话,谢天谢地,他没再打来。她用计算机时,顺便发了一封电子邮件给在怀特维尔的母亲。她妈不怎么关心她,但小贝主演电影上映时,老是想去日舞影展①看看。她老妈当上护士后,社会地位提高了,几年下来没跟小贝说过话。后来小贝有两部电影上映,第一部参加了日舞影展,她妈才肯再跟她说话。

　　哈啰,妈,克雷马还在里面吗?有事随时通知。

小贝不喜欢电子邮件,总觉得会有人偷听,偷看。她比较信赖电话,就是买大麻也一样。搞不好约翰·克雷马不知怎么搞的已经出来了,他没胆,但有点小聪明。

他母亲半个小时内就回信,她最近回信都很快。

　　乖宝,JC早上被带去艺品店画盘子,跟着巴士回来。他按理不能带手机,但他们都用其他人的。深爱你的妈。

---

① 资深影人罗伯特·雷德福(Robert Redford)于一九八四年创办的独立制片影展。

深爱,小贝心想,嗯,我很好,妈。她提醒自己要记住向约翰要一个他画的盘子,宗教主题的应该不错,大概上头写着"上帝保佑我们幸福的家庭",或许圣诞节时送给茉德。

四

离开布鲁克曼的研究室后,茉德给自己买了一个芥末扭结脆饼,接着前往费弗曼博物馆上艺术史课。让她觉得这堂课一下就熬过去的,不是上课讨论的那尊雕塑,而是罗丹以自己和卡蜜尔·克洛岱尔为模特儿所做的华尔兹雕塑,她不知背景故事,每次望着雕像——她时常定睛细看——她看到他们两人在那里,她自己与布鲁克曼。

回十字栈最快的路会经过蕙兰医院,以及在妇产科妇女中心前的示威群众。蕙兰医院施行人工流产手术,本地规模较大的那间医院是宗教医院,不做流产手术。

茉德刚上大学时,想在当地的教堂望弥撒,便去了法蒂玛圣母堂。也许是因为她的外表有一点嬉皮,反正她觉得从来没得到热诚的欢迎,还有,法蒂玛圣母①那个关于孩童及预言的故事让她觉得不安,她于是不再上教堂。一年一年过去,每个周五聚在蕙兰医院前方的群众让茉德越来越心烦。

示威抗议群众已经上了年纪,大多是天主教女教徒,老一派的教徒。茉德跟人说过他们让她想起自己的母亲,全是假话,她的母亲渴望打入上流社会,不怎么虔诚,绝对不会为任何事而示威。在埃姆斯伯里,生命权的议题绝对脱离不了阶级,邻近的康涅狄格州几乎各地都有人出资提倡家庭计划运动,因为一百年前布什家族认为桥港的意大利人太多了。

游行行列中也有几位男性,大多是老人家,穿着购物商场买来的打折瑕疵品,看似从最近的三流赌场的吃角子老虎机旁直接过来。还有人抽烟。

有些抗议妇女拉了几个苍白的穷孩子来,举着牌

---

① 相传有三个葡萄牙牧童在法蒂玛(Fatima)见到圣母显灵,圣母向他们透露三个秘密。

子，上头写着"停止谋杀""上帝是爱"和"救救上帝的天使"。还有人拿着更加挑衅的海报，"仇恨生命的人，去死""堕胎的败德行为让罗马天主教会沉沦，我们的国家也将因为堕胎的败德行为而沉沦""淫妇有罪该死"，设法让旁观民众注意到这帮狂热分子，他们仿佛费了一番苦功才接近耶稣。

新任校刊《公报》编辑的茉德想抨击蕙兰医院前的滋扰活动，最叫她气炸的是几个示威者拿着终止妊娠的胚胎照片。茉德已经有了对付他们虔诚行径的计划，要叫他们吃下他们给犹大的神迹连锁信①，还有他们大腹便便、不男不女的教长与衣冠楚楚、手段奸巧的教士所搜集的照片。她要替《公报》写篇文章，也会搜集照片一并刊登，这些照片会跟别的照片同样叫人由衷动容和心碎，但要展示的是另一个观点，茉德要以这些照片回敬性命遭到扼杀的可爱小孩照片。

茉德还在医院大门外时，撞见了乔·卡尔，她以前是修女，现在在学校辅导室工作。两年前她们跟朋友一样，现在则难得见面。

---

① 以诅咒或利益引诱收信者复制消息传给他人的信件。

"嗨，茉德，"乔呼唤她，"来帮帮我们！我们还缺病房义工。"

"乔，等我有空闲的时候再说吧。"

"空闲，"乔说，"我知道，他们让你不得闲。"她看着反堕胎人士叫人毛骨悚然的行进队伍，不相信他们竟会为生命的诞生喝彩。"想写一写这些示威的人？"

"等着看吧。"茉德对她说。

乔摇头。"不要太狠！"

"狠！"茉德几乎是大叫，趁她往山下走，乔赶紧脱身离开。

"错的一方也是有感情的，年轻人。"

茉德其实想去找布鲁克曼，却选择去游泳。她回十字栈拿泳具，宿舍没人，小贝已经出门练击剑，还要练体操，上咬字课，这是学校首屈一指的戏剧课程内容。茉德迅速拿了游泳后要换穿的内衣和一件干净的牛仔布衬衫，这次拿的都是自己的衣服。

走到体育馆时，又飘起了小雪。体育馆叫毕德勒运动中心，以出资兴建的谷物大亨之名来命名，现代主义风格的红砖建筑嵌在低矮的山坡上，外观有大量玻璃。隔着晦暗的冬夜夜色，发光的窗户在兴奋盘旋的雪花中显得热情好客，预示窗后的温暖与充沛的活力。体育馆的大厅宽敞，装有顶灯与埋地灯，入口处一个打篮球的金发大个子检查她的学生证，他有着斯拉夫人骨骼粗大的脸庞。

她听见喊叫声、低哼声、跺地声，橡胶球砰地重重落在硬木地板，回音沿着花砖地板走廊传来，软性墙面削弱其音量。小贝正在这栋楼某处练习击剑，茉德从来没看过她使剑，想去看一看，便一面沿着长廊往下走，一面从门上的小窗偷窥，到了二楼才找到了小贝。她戴面罩穿白衣，和一位比她矮、留着超短发型的微胖女孩对打。茉德隔着四方窗往内看，小贝的对手摆出似乎是经典的姿势坚守阵地，挡开小贝的攻击。小贝显得紧张不安，剑术逊色许多，但茉德听见她倾身攻击时微微低声呐喊。看人对打很有趣，但见到室友落败让人觉得尴尬。

楼下泳池的水是冷的，因为外头的天气，有几条水道没人，只有认真的泳者前来。茉德思索后发现游泳有个有趣的地方，计算游满一千六百米这件事会慢慢吸走意识，因此就算脑中完全没想到自由泳的滑水动作，也会记得要计算游了几趟。她知道这是好事，无趣但让人平静,并加强她去做那件事的决心。游了几趟后,她冲热水澡,擦干身体,吹干头发。更衣间里有几个女孩注意到她。

茉德从公园穿过市中心,纷飞的雨雪落在后背,离运动场还有八百米,她清楚听见运动员的声音,某个运动队正在风雨无阻地练习。经过埃姆斯伯里昔日兴旺的工厂区,是老旧的神学院建筑,这一带比几年前繁荣,不过依然破烂失修。坎普街的路缘隆起一道融化后又结冰的脏雪,正在飘落的雪花在上头又积了一层。路边有黑色结冰,上面有刹车的痕迹,结冻的枯叶阻塞住下水道,排水沟里有脱落的橡胶皮,一截截变黑的排气管和铝制壁板。最后一排房子面对横跨铁道的天桥,有一栋两层楼建筑与神学院毗邻,一楼开了艺廊与埃塞俄比亚餐馆。

茉德走捷径穿过《公报》编辑室的小方院,发现灯还亮着,由于天冷,进门处有人站着。她希望独霸编辑室把文章写完,便走到外头街上,进了唐尼酒吧,找张桌子坐下啜饮啤酒。这间酒吧大多数学生不会来,算是社会人士的地盘。她在这里非常自在,除非有人喝醉挑逗她。她决心不让自己惹人注意,今晚要做正事。

疲累的女侍认识她。

"嗨,亲爱的,"女人压低声音,"今晚没约会?"

茉德面露笑容。"晚一点。"

她从唐尼酒吧出来,走三月街来到河段激流处。沿着公园外圈从容蜿蜒的河川,流到这里拐了个弯,河湾产生的水力曾经转动上百组水轮,为早已远扬的沿海商船生产厚帆布。这里是旧时滨水区的尽头,未经都市更新,除了几间小啤酒厂和盖在仓库里的血汗工厂以外,不适合更进一步开发。水轮什么都没有磨出,只磨出非法贫寒苦工的艰辛,或磨出减重中的小妈妈随音乐录像带踩踏板的午后时光。

准备入狱的犯罪集团少年穿卫衣、垮裤,统治桥另一头的街角。此刻街头谈话无趣,留给专业说唱艺人;他们的西班牙语流利,英语仍在暗中摸索。贫民窟孩童说不出口他们知道什么,他们说的话不是来自死气沉沉的街道,而是出自流动的媒体。关心这些事的人——包括社会所学生——说,住在诺曼·洛克威尔①画中老旧

---

① Norman Rockwell(1894—1978),美国二十世纪前期著名插画家,大部分作品充满乐观理想的气氛。

廉价木造租屋里的幼童已不会跳绳唱童谣,不能在街上拿扫帚玩棒球游戏、跳房子,边念着"一颗马铃薯、两颗马铃薯"边挑选队员。夏天时,篮球场空空荡荡,老奶奶四十公斤重,疯疯癫癫,老妈不是做苦工,就是在州际公路休息站卖淫,未成年的小爸爸在牢里想办法搞刺青或者为室友上发卷。所有墙壁涂鸦都是黑色的。

有人可能认为这座城市的两个地区——穷市民的枫树公园与大学的中央公园那一带——没有交集,其实不然。海洛因在磨坊河两岸找到安乐窝,在这样不可能成为时尚摄影的地带,内行人会察觉海洛因的闪光,模特儿如以往一样消瘦,同时传达个人剧场的焦虑特质。吸毒风潮还没退,海洛因依旧卖得比可卡因好。

因此,大学生会设法找出烈性毒品的购买渠道,有的在医学院有熟人,更多人遛到河边走上三月街桥。茱德知道规矩,一两周前有个熟门熟路的人替她示范一遍。天黑后,大学这一头的买家用白色运动袜带钱来,把袜子绑在桥的栏杆上,继续走到桥的另一头。那里有间小杂货店,愿意的话,可以买罐红牛能量饮料或"生命之水"加料饮料。掉头过桥时,原本的袜子不见了，换了一只，里面装着他们想买的东西。大学与市民对这种事都曾提出抗议，不过生意似乎依旧兴隆。

茉德不嗑药，却是一名积极的新闻工作者，在偶尔嗑几下的女性友人陪同下侦察了一趟，目睹整个过程。写完那群招摇的反堕胎人士和他们展示的圣婴照片后，她打算写篇有关海洛因的报道，访谈匿名人士，她上次去时偷拍到一个买家的照片。

今夜，在雪花与冰雹的惩罚下，此地必有人要感激一个袋子做成了一笔交易，但桥上没有动静，内侧栏杆上只有一幅黑白涂鸦，是一朵蓬松的云——也许是一只以艺术方式呈现表现主义风格的袜子——还用五颜六色的日辉牌幻彩荧光漆写了"脑残"两个字，完全无法判断是街头小鬼还是艺术系学生留下的。车子朝郊区驶去，溅起满地泥浆。

一段时间后，她在《公报》编辑室开始誊写脑中的初稿，带着浅笑盯着计算机显示屏，逐渐放松下来，舒服地摊坐在椅子上，打出已经拟好的文字。文章一开头是："基督教科学？无意冒犯拥有大到离谱的无人教堂与太平间般阅览室的艾迪①之友,也无意冒犯超级大教会②或神圣罗马超级教会③的信众。然而,可以稍微冒犯招待我们欣赏那些可爱胚胎照片一年至少五十次的快乐乡亲吗?"

其后的两栏,她插入两张从一本叫《史氏人体畸形可辨典型大全》的教科书找出的照片。照片上有活胎婴儿,有降临到有呼吸世界的新生儿,这是茉德对那些冲击人心的胚胎照片之反击。第一张是个天生有罕见疾病 Hydrolethalus 综合征的婴儿,看似是三分之一颗头颅,在彩色照片中它没有眼睛,嘴巴只是极为可怜的怪样。科学已经找出这种疾病的染色体根源,天生罹患此疾的小孩最长寿命是一天。

这个婴儿旁边是一张患有罕见疾病 Meckel-Gruber 综合征的幼儿,天生有这种疾病的婴儿看起来早衰,基因学无法辨识出与疾病相关的遗传载体。

茉德继续往下写:

---

① Mary Baker Eddy(1821—1910),基督教科学会创始人。
② Megachurch,指信徒达数千,甚至数万人的庞大教会。
③ 杜撰的组织。

他们说神召会——上帝点召(有点像女王专属的步兵团)在类似鬼屋的地方招待我们观赏一群狂欢的青少年表演永刑,这场演出称为"地狱之家"。这场奇观有点好笑,有点恐怖,像是以真人大小实体再现但丁或耶罗尼米斯·博斯①的作品,只是愚蠢许多。你跟着主人穿过吱吱响的门,进入"爱生气大人"基督酷吏为你呈现的无尽折磨场景。这位大人物监视你的一举一动,等待油炸你屁股的借口,不是只炸一个小时,不是只炸一年,而是永远炸下去。永远。

他是他那神圣老爹——堕胎士上帝——的独子,而谁是你老爸?没错,朋友,百分之二十的怀孕会自然流产,而许多没有自然流产的胎儿远不如生命权支持者举牌上的孩子可爱讨喜。

这几段以两张也是出自《史氏人体畸形可辨典型大全》一书的娱乐信息来说明。有一张是罕见疾病 Beals-

---

① Hieronymus Bosch(1450—1516),尼德兰地区(今日荷兰)画家,以丰富的想象力描绘罪恶与道德沉沦。

Hecht综合征瘦骨嶙峋的患者，看似有个爱开玩笑的人在他们身上放了小小的条纹帽。与这些小病人相对的版面，是一个足月分娩但患有早期尿道闭塞综合征——又称"干梅肚"——的小生命。

"因此，各位，"茉德继续往下写，"看看伟大的'壮阔永恒之蓝的假想纸镇'是如何保护他所有的小可爱，好确保他们会加入我们。降生之后即是生命！那就是监狱和死刑毒针存在的目的！"

之后，她走过深夜的街道，雪花绕着她翻飞，直到夜气将它们凝冻成石头般的小弹丸。

五

大约三十年前,乔·卡尔离开了南美和她献身会的教徒。她以修女身份在南美教了五年半书,修道会派她去安第斯山脉两行遥远山峦之间的河谷,而在立下终身愿前她就离开了。不过离开时已精通西班牙语,能讲粗话,好几种克丘亚族和艾玛拉族的方言也会说。她回到美国后念了一个咨询硕士学位。

后来,她在奥斯丁一所郊区天主教大学工作,同时与一个信佛的研究生同居了一段时日。那段关系结束后,她来到东岸,向犹有余力的双亲借钱,又去攻读学位。在这个国家想找到更好的工作需要其他学位。几年过后,埃姆斯伯里这所大学雇用她。她偶尔觉得学校有些人提防她,她做过修女这件事并非什么秘密,而她辅导时坚决不提与宗教有关的事。

其实,学生从大一一路到毕业,整个人都会像变成另一个人似的,不可能建议他们不要走某一条路,改走另一条路。他们日后可能懊悔自己做了或没做的某件事,懊悔后来作出的选择,并一口咬定是受暗地扯人后腿的辅导员哄骗。

乔遇过一次难题。若干年前,她在学校辅导一个女学生,从而结识女学生富裕的天主教家庭。这名女学生怀孕了,最后决定把孩子给一个虔诚的有钱人家收养,事情看似圆满落幕。问题是,收养家庭以为乔也是天主教徒,可以替他们想领养孩子的朋友提供别的婴儿,结果乔又找到一个不想当小妈妈,也不想堕胎的学生,因为这个学生当时相信堕胎有罪。

乔牵线介绍双方认识。表面的人情果然脆弱,一年内彼此关系破裂,自我探索的旅程来到奇异的终点,风暴来临。年轻的妈妈经历了几分像是信仰转变的历程后——皈依什么则不清楚——似乎希望与她的婴孩保有某种关系,于是改变了心意,她不满的情绪在大学行政管理组织上层蔓延。史波福校长曾靠一封吊唁函就为学校推卸掉责任,连如此精明圆滑的他,也认为这样的结果棘手。不过,这个经验让乔学到了,与宗派有关的事要分外严谨。她后来保住了工作。

解决那桩事件的过程中,乔认识了几个纽曼社成员,得以一窥天主教教会中所谓的小团体。乔·卡尔愿意久远保存对宗教的眷恋与敬意,因此发现自己很难讨厌纽曼社的人。在天主教抵死反对堕胎前,在有教区牧师爆出性虐待丑闻前,纽曼社的人相当讨人喜爱,他们的弥撒是由印度喀拉拉邦或斯威士兰来的年轻牧师主持。有的天主教学生念大一时会去纽曼中心,接着不久就会与他们渐行渐远。乔在蕙兰医院见到一个她记得的学生,一个读过教会学校的虔诚女学生,名叫茉德·史塔克,她负责过社团的通讯报。如今茉德已是校园风云人物,担任《公报》编辑,她现在的社团观念与过世的枢机主教无关。传闻茉德和教授谈恋爱,乔不确定那人是谁,猜是史蒂夫·布鲁克曼,人很风趣,她对他略知一二。

现在,无论学校或学生碰上什么难题,乔·卡尔都不太可能感到错愕。她在南美曾经近距离目睹一场残暴斗争，双方阵营意图同归于尽，在种族和阶级深刻激烈的仇恨刺激下，"内战"二字似乎是一句暗讽①。她在学校尽力而为，理智——套用某个智障政治人物误引过的募款口号——千万不可失去理智。

几乎每一年，乔都能在一个找上辅导中心的学生身上，察觉青春期就已发作的精神分裂症初期症状，她没有资格治疗精神分裂症患者——中心有临床心理医师但她非常清楚那些症状。笑容太过灿烂，眼底的恐惧和惊愕则让笑意变得黯然，企图以前后不连贯的论述逃避现实却徒劳无功——行为全是暗示危险历程即将开始的小迹象。纯真者沉沦至半明半暗的半衰期。

与单纯为环境而烦恼的学生谈话轻松许多，也比较不会白花力气。乔·卡尔的辅导对象主要是少女，她们的烦恼通常是若干程度的文化冲击或乡愁，有个倾诉对象就能解决的问题。也有学生有酗酒问题，染上毒瘾的学生数目则叫人吃惊——乔很吃惊，且觉得这类学生日益增多。如果学生信赖大学这个机构，偶尔他们倾诉的难题是怀孕了。这些女孩的问题几乎永远差不多，乔的

---

① 内战在英文中为 civil war, civil 又有"文明的、有礼的"的含意。

回复也一样。她认为这种事早晚要面对,希望她的回答有所帮助。

例题:"我该告诉爸妈吗?"

乔的回答是:"你终究会觉得必须告诉他们,告知他们最后通常都会得到最好的解决办法。如果你已经成年,根据法律,在堕胎合法的州,你如果想要终止妊娠,不必获得他们的许可。去堕胎合法的州,找你认为可以信赖的人求诊,譬如,在这里就是合法。"

除此之外,她通常还会提出不列入记录的建议,没有记下的部分大体是这样的:"这所学校的年轻学生不大可能因为怀孕而被逐出家门——虽然人生充满了惊奇。先告诉你的母亲,让她透露给爸爸知道,爸爸就算是一个强烈反对堕胎的政治人物,也很有可能帮忙抹去掌上明珠所犯的小过失。如果你的父母分居,如果你觉得和他们关系非常疏远,如果他们很不理性,那就运用自己的判断能力,好好地想一想,如果你还没有准备好,没有财力,生下小孩可能为你,为你的孩子招来更多超越你想象的苦难、贫困与烦恼。如果你终止妊娠,也可能会觉得非常内疚,觉得失去了什么。"

还有,关于送养:"记住,外界都知道,这所大学像你这样的学生,会卖冷冻卵子给一心一意追求优生的人。看见一个焦虑、一米八五高、冰雪聪明、如同篮球女神的英格兰天使,想做父母的人会毫不迟疑接收你的私生子,虽然不是一定,可孩子的小爸爸通常自己也是神童,记住这一点。"

"这可能是你这一辈子最重要的决定,"她告诉她们,"你要非常努力作出正确的决定。"

她每一次都很想违背自己的判断力和理智,说:"祈求指引吧。"当然,她从没说过。基于谨慎和做人原则,无论年轻人的背景,她都避免提供和宗教有关的暗示指引。她相信,比起她对迷惘年轻人所提出的建议,随便一个法国影评家,都能提出更有影响力的历史主义学说来扯上自己的专长。有时乔为了学生和他们的问题落泪,不过她哭得最多是在得克萨斯州的时候。乔在贫民区的高中当过一阵子代课老师,认识了几个孩子,偶尔她辅导的女孩变得爱看书和上学,喜欢学习的过程,却因为怀孕而休学,接着发现自己无助地成为一个小妈妈。

在这所大学她学会了避免宗教教派问题,也变得鄙夷天主教教会与他们的死敌。至于死而后已的奋斗目标，她在南美山区已经见识到，她可以忍受同时保持神志正常的所有激情。

讨论通常以同样方式结束——"请保持联络。"乔说。

她五十多岁，看起来比实际年龄年轻，偏好穿着时髦的深色套装，二十一世纪初流行的紧身短裙，薪资没那么差，比某些兼职教授好。

那是悲惨的一天，没有人预约，冰冷暗淡的早晨让挡风玻璃结了霜，人行道暗藏危机。乔上午在辅导中心，下午去蕙兰医院轮班。蕙兰医院是大学附属医院，做堕胎手术，也开避孕药，经常引来反堕胎的示威人士。

她开始爬坡朝医院走去时，太阳穿过云层现身，没一会儿，穿着T恤的学生就在大学丘上丢飞盘。接着，天空变得朦胧苍白，一阵暖风沿着河谷吹上来，这混乱的一天乍然呈现春日般的风貌。对乔·卡尔来说，这样的日子点缀着记忆。她心想，对学生或许也是如此，因为学生姗姗来迟，怀抱着远比往事更复杂残忍的回忆。

乔的年纪刚好还能记得像大学这种地方，假装自己就是世界中心的年代，学生外出统治他们的朦胧国度，校园各处甚至没有人锁门。昔时大学冒昧地向注定难逃征服的印第安人祈祷者宣示文明光芒和几句训诫，可在其核心深处却永远不认识光明或黑暗，永远不会了解二者，永远学不会如何分辨二者。它派出只会读书的年轻人，最后派出只会读书的女子，逐代想要拯救世界。直到丢了钥匙，直到学校陷入沉思，直到传说中想作法驱除的暗影出现门口，才真正认识了黑暗。

乔在医院当义工，职责是辅导员兼社工。即使是在医院，她有时也感到紧张，觉得必须保住工作，与病患的对话——双方有着默契——小心翼翼不提及宗教。不过乔很难用世俗的角度面对痛苦，倒不如跟其他事情一样说是神的旨意，质问这个过程也没用。不用努力提供协助的话，负担轻松许多，我怎么会知道你怎么患了那种可怕的病呢？如果把你的疾苦奉献给圣灵可以让你熬过黑夜，那你就奉献吧，上帝以天意为傲，于是凡人感觉比较好过。因此，上帝的旨意是这一切的有力证据，然而，上帝的旨意是什么呢？

几周前乔碰到一件怪事。她去探望一名七岁小女孩，小女罹患无法治愈的癌症，承受着病痛折磨。当时小女孩的父母也在场，父亲像是新英格兰乡下人，年纪不轻，穿着一件黑色短上衣，可能是哪里的镇公所发的清洁队制服。母亲窄脸尖鼻，个子娇小，十分疲倦。小女孩叫人看了于心不忍，极为苍白无助，让人想起"生命维持"这几个字。突然之间，孩子的母亲想到垂死的女儿应该受洗，乔又错愕又迷惑，惊慌失措思索哪位教士、牧师、神职人员可能正在值班。突然她听见自己说："我可以。"

根据教会法规，刻不容缓之际确实可以这样做。她这么做也许有违逆的意味——违逆男性权威等等。于是，她利用病床与医疗机械旁发亮的黑白钢制保温壶，倒出里面的水来替女孩施洗。她把冰水倒到手上，设法捧住一秒钟，让水温微微提高。捧了三次水，水里有看不见的碎冰，是临终的圣餐，是圣父、圣子、圣灵。接着，女孩的母亲也要，乔替她施洗后，对孩子的父亲说："先生，你呢？"

根本不关她的事，这句话冒昧干涉了他人之事，傲慢自大，瞧不起人。她想他也有同样强烈的感受，他跟她一样知道他无法承受，圣礼会让他难堪到想挖个地洞钻进去，因此她的问话显得更为唐突。于是，她识相地走开了，离去时心却在翱翔。她心想，至少有一点用吧,甚至出现了希望,即使是一个无形概念的缥缈幻影,也聊胜于无,间接指出赤裸裸的痛苦也具有若干意义。在返回办公室的校园巡回公交车上,她内疚地哭了。

在山坡顶,离医院一两个路口处,四名安第斯年轻人正在吹竹笛。乔这几天隐约注意到他们的存在,习惯了水平流动的音高和幽灵似的曲调,也习惯了听他们在校园四处吹奏。三个男孩和一个女孩正在街头卖艺,其中两个男孩戴着过时粗呢鸭舌帽,好像英国牧羊人,女孩和第三个男孩戴浅顶软呢男帽,他们脚边有个编篮,全美洲的人都用来提水果的那种篮子。这几个年轻人不是扮装,他们是真的,真的是山地来的印第安人。乔看着他们,几乎可以想起他们的山谷,就藏在某个高地边境,一下是高山气候,一下是热带气候,讲的语言几乎只有那个山谷的人懂。乔马上听出他们正在吹奏哪一首曲子,是一首叫《梭拉》的歌,所有孩子都会,而且会唱好几种版本。她不知道歌词意思,只知道这首曲子不知为何与银河有关,几种山地方言把银河称作"脂肪海"。

学生驻足观赏聆听,三三两两站到安第斯乐手中间，笛声一如既往有催眠效果。她注意到有一只笛子不是竹制的，而是塑胶笛。

乔记忆犹新，在山区那段岁月里，有一次她听山谷边缘的孩子唱《梭拉》，歌声纯真清新，一如新雨打在旱季森林小径旁阔叶棕榈的声响。小孩唱完歌，两个男人对村民讲话，一个是近乡间大学的白人老教授，一个是会说村民语言的当地学校老师。

那是很多很多年前的事，当时乔·卡尔还年轻，浪迹天涯担任修女。那次经验激起她的恐惧与愤怒。一开始是恐惧，她已经摸熟了当地的小径，摩托车也骑得很好，足以熟悉附近山谷的情况。愤怒在事后才慢慢浮现。那天晚上，她在山里当听众，摆出一副亲切认可的表情。有人看着她，她非常害怕。她知道村子里的人群也怕。她现在突然想到，站在学校修剪整齐的山坡，她装出同样讨好的表情。

孩童唱完《梭拉》后，发言人解释情况，阐明重点。政府在没收充公的大牧场上建立集体农庄是欺诈，是谎言，人民必须知道这件事。向人民解释情况后，人民的评判就绝对不会有错。没有人可以妄称超脱或置身事外，而且只有那些被历史传唤至领导阶层者能诠释人民的评判,为什么?因为只有他们彻底了解历史。

评判也不能申诉,因为它以绝对的数学与哲学为基础。首领支配的消息是谎言的反义词。如同星星连成的线条,在全世界打造金字塔的人都很熟悉。从脂肪海附近某一点开始的线条,会延伸到最深的沙漠,角度测量的精准度超过世间任何人的认知。骗子佯称见闻。

夜鸟开始啭鸣啼叫,夜骤然降临在那样的纬度地区。前一周,邻村有许多人——农民和领导者称为"有钱人"的当地杂货店老板——目睹自己的孩子被掏出内脏后,又浸入外用酒精,活活煮死。他们被控替义警做间谍,村里没有一个人真的相信这个指控。屠杀后,民兵尽可能搜找金钱,分给应得的穷人。

"我们是侠盗罗宾汉。"一位民兵这样大喊,曾是中产阶级的他过去常上电影院,之后,他先前中产阶级的嗜好遭人揭发,他以令人难以置信的残酷方式遇害。"看看钞票上有钱人的照片。"另一个人大声说。在村子边缘的一场集会中,人民欢呼——其实是尖叫,叫出的声音像《梭拉》与那些演说一样,乔一辈子都会记得。

于是她站在山坡听笛声,假装沉醉在这场音乐会中,一切重新开始。

山谷的经历让乔经常做同一个梦,细节有些变化,但场景永远相同,从过去那些山区及山谷的记忆拼凑而得。梦的部分轮廓大概来自记忆:那些在革命之后的生活样貌,各个当地运动领袖断言这是史上唯一为历史而历史的革命。构成梦的随机影像包括了山区、村落、"奋斗运动"、运动领袖替支持者的想象所勾勒的承诺远景,还有她自己早期的抗拒及最终无以名之的恐惧。

在梦中,时值傍晚时分,一弯弦月,天空非常遥远。"好蓝"是她在梦里的想法。云是透明的,粪火燃起的烟冉冉升至一点,到了那个高度,风就会吹散它。四人围成一圈在天空同色的火堆旁吹笛,《梭拉》。她始终没学到那个语言,音调如此动听,意境却无法诉诸言语。笛声的气息标记风的四个方向。天狼星高悬,毗邻的是圣线交会的大犬座,以及西方天文学者称为"画架座"的绘架座。

"奋斗运动"的横布条上有大犬星座,西班牙教士相信神秘的活人献祭是献给天狼星和其他星星。他们——对异教徒处以火刑者——必然也相信杀人仪式的场景能够教化人心。每个在乔梦里的人都含笑望天。

在某恶人的屋子旧址,空地上的空间中,浅蓝塑胶镶版框出一方精致的天空,那是一扇窗,底下标牌写着:梭拉。也许是自由的意思,也许是天狼星的意思。醒来之前,乔总是想着,如果我懂歌词,就能在睡梦中唱这首歌。

她站在科学馆旁发抖,置身学生听众之间,在微凉的初冬薄暮下,年轻人微笑鼓掌。乔一块继续听下去,最后几个学生慢慢走散了,乐手停止吹笛。她还站在山丘上时,山谷吹起一阵更凉的风,大学生开始缓缓离去。一名乐手——肤色明亮、五官精巧的年轻女子——拿着宽边大帽接下听众的赏钱,帽冠的绣饰看起来像牵牛花爬藤。不少人拿出钞票。年轻女子最后直视乔,紧张的神情里有一丝笑容。

她让乔想起曾认识的某人,一个苍白的男子,眼睛黑如夜晚的血。乔不去想他。

她抱紧自己的肩膀忍着不颤抖。她想起受过良好教育的人——国内国外——为那场运动编的借口,在群众信心轻易受鼓动时,她曾经努力想要相信所有的借口。为信念付出的努力,取代信念的悚惧,还有她认为是自身怯懦的感受——通通让她付出代价。其中一个代价是,乔几乎每一夜都会再次觉悟星辰之中有令人憎恶的东西。她最喜欢的星座,她见过最明亮、最美丽的星星也是一样。天际圣线窥探邪恶之心,让她猜想也许宗教生活不适合她。她心想,也许换个角度来看,说不定正好适合她。

六

几天后,茉德出现在布鲁克曼的研究室门口敲打秘密暗号。她带了一个信封,里面装着印出来的文件。"你一定要读,我需要你的意见。"

"我现在没空,亲爱的。"

他觉得她露出疑心的表情。"为什么?"

"我要开会。"他对她撒谎,艾丽的消息让他心神不宁。

她稍微跺一下脚,看样子是真的在恳求。像孩子一样。

"真的,"布鲁克曼说,"我赶时间……"

她把信封交给他，神情看起来又焦虑又自鸣得意。"打电话给我，史蒂夫，"她说，"告诉我你的意见。"

茉德走后，他锁上门回家，完全没想起那个信封。她老是坚持要他先读一读她的文章。

布鲁克曼家位于幸福街，这条路上有一大半的屋子采联邦复兴风格，独栋大理石门面。史蒂夫·布鲁克曼打算替学生的作文打分数写评语。他不是特别爱喝酒，那个下午却倒了半杯拿破仑干邑白兰地奢侈一下，给自己的自怨自艾让步。

他正在想着，如果聪明的学生可以承受一切压力，如果没有坏事发生，得天下英才而教之是一大乐事。不过学校每年总会有些事情发生，于是史波福校长就要打电话通知家长，你不得不佩服必须做那件事的人。永远有事故发生，因为药物，或因为一些疯狂行径。

他想起了茉德，想着她外表一派端庄纯真，端庄纯真是他那一代的姿态，但这几个字对她很可能是一种侮辱。她年轻的肌肤纹理永远令他赞叹。他也怀疑自己如何能够与她断了关系，因为她是他的指导学生，还为了他在大三那一年放弃出国做交换生的机会。学期快结束了，他们正在讨论她的毕业论文。

在焦虑之外，他意识到一种轻率愚蠢的喜悦。

布鲁克曼没有搞鬼的天赋，一辈子粗心健忘，在过去二十年的教书岁月中，他从来没搞过学生。大学生会调情，女学生会，男学生也会，怎么可能不呢——这些学生从幼儿园就是长辈捧在手心的宝贝。碰巧就在布鲁克曼和茉德在一起的第一个学期，一个比较年轻的同事——无意涉及个人隐私——无意之间注意到单纯的撒娇已经变成单纯的打炮。还有单纯的狂热，单纯的激情，单纯的无形穿心刀。结果受到影响较深的是布鲁克曼，深切到他以为可以照顾她的地步。单纯的爱恋不可能存在，爱是万物中最不单纯的东西。有好长一段时间，他相信自己跟任何人一样懂得爱，但爱缺乏可以名之的特性。

要开车的话，他喝过头了。那一晚，他接受一场聚会邀请，主人是驻校的知名艺术家。她其实并没有住在校区一带，而是搭飞机从纽约往返，但在此地弄了一个简朴的窝，屋内设有铁制箱形壁炉，在教课的日子享受山坡上的玻璃景观窗。一个从没人见过的友人开老式DC-3从长岛送她来，就是英格丽·褒曼和保罗·亨雷德逃离卡萨布兰卡所搭的那一款飞机。没有比这更嬉皮的作风了。

艺术家五十多岁,身材高大,头发刻意染成深色,穿的黑色洋装适合她的修长体态与会说话的褐色眼睛。布鲁克曼喜欢她的作品,她画的女人有皮耶罗·德拉·弗朗切斯卡①的风格,画中人皆受困于某种的局限——在高墙或监狱栏杆上,有的已经去世,有的是骑马佣兵,穿着某历史时代的马裤、铁甲和护胫甲。她的画作会激发看画的人猜测其中故事。她也画人像,男女都画。她有些画作在学校的博物馆,博物馆替她办了展。不过,小丘上的纯朴住宅则一张也没挂,展示的全是西非艺术——面具、篮子、青铜器、羽毛和布料制成的精细艺术品和物灵崇拜,还有一条闪电蛇。这些物件以生动的方式布置在屋子每一个公开的房间。

聚会大概来了三十个人,多数他在学校见过,跟其中两个很熟,但难得见到面。一位是个年轻的哲学女教授,和布鲁克曼有过一段过去,与丈夫相偕赴宴。另一个是一位虚弱的长发历史教授,叫卡史威尔,写了一套关于迦太基古国起源兴衰的书,现在正在写第三册。卡

---

① Piero della Francesca(1415—1492),意大利文艺复兴早期画家。

史威尔年年都去突尼斯,他的第一本书获得《纽约书评》的盛赞,第二册遭对手贬抑,未引起支持者的注意。他照样去突尼斯,只是看起来有些丧气,几年过去,第三册还没问世。他对人说他写了又改,改了又写。背地里呢,大家称他卡索邦①先生。

布鲁克曼同情他,自觉也在同样的处境喝了几杯酒——没留意喝了几杯——朝历史学家走过去。

"嘿,丹,我有没有跟你说过我非常喜欢你的第一本书?"布鲁克曼确实读过第一册,很喜欢那本有关迦太基的书,但够了,他不想再读关于迦太基的文字。

"啊,你喜欢,谢谢。"

"真的喜欢。"

"其实迦太基不是我的第一本书。"

"我不知道。"

"我知道你不知道,"卡史威尔说,"希望你会喜欢下一本,也许应该说我希望你真的会去读。"

"嘿,我等着。"他伸手搭卡史威尔比他矮的肩。

---

① Isaac Casaubon(1559—1614),文艺复兴时期古典学者,致力于校订古代作家著作。

"但可不要认真到脱肠。"

这句话不是故意的,说错了,他本来是想赞美他,鼓励他。他回头看卡史威尔,卡史威尔盯着自己的酒。还是不要道歉,反正卡史威尔一直很讨人厌。布鲁克曼觉得该走了,又欣赏了一回非洲艺术品,在门口找到画家女主人。

"没见过这么精彩的非洲艺术收藏。"他对她说。

"那么你一定没见过多少。"她说。

布鲁克曼惊讶地看着她。

"在那边买的?"他问她。

"当然。"

"你有没有买奴隶?"

噢,糟糕,他心想,开车回家吧。他根本没打算说出这种话,那一晚他的舌下含了某种辛辣的药草。艾蜜莉·波斯特①的时代不是有一种讨厌鬼叫"绝不会再受邀的客人"吗?

"我才不在乎。"他对汽车仪表板说。

但他妻子喜欢聚会,艾丽喜欢人,大家也都喜欢

---

① Emily Post (1872—1960),美国著名的礼仪作家。

她，他不能跟跟跄跄从一个屋子走到下一个屋子，破坏他们在一个小地方的社交生活，他不想让自己成为老是跟来的浑蛋另一半。至于他们往来的人——他有时喜欢跟他们在一起，有时不喜欢。但是艾丽一定要有乐趣才会回来继续教书。

艾丽在学校很受同仁及学生喜爱，这给布鲁克曼带来很大的满足。他自己也不讨人厌，甚至广受赞赏，只是不像妻子受到真挚的尊重。他在内布拉斯加州州立孤儿院长大，他的文章生动描述童年匮乏生活，让他成了大学生心目中激励人心的角色，开的课总是爆满。他在《史密森期刊》发表过一篇文章，讨论一艘沉海的西班牙大帆船，并以这篇文章为主题开过一门课，搭配水底照片加以说明，公共电视网因此找他做一个四十五分钟长的带状节目。节目播出一季之后停播，他非常失望，但不是每个英语暨写作系的人都跟他一样难过。不管怎么样，这个节目帮他早早就弄到了终身教职。

他的人气和魅力让有些人怀疑他乱搞女人，和同事、已婚妇女及学生有染。这些猜疑太夸张了。没错，他会和教师的妻子调情，但是他深爱的茉德是他第一个，也是唯一的学生情人，和学生交往违背了他自己的原则。参加社交聚会后,他坐在属于学校的住屋,在他选择做书房的房间,也就是前任住户留下《国家地理杂志》的那一间房,听查特·贝克的《一起迷失吧》。

怕艾丽打来,录音机开着。茉德焦急地打来了好几通电话,他播放留言,发现她喝了酒。茉德不是一沾酒就醉的人,她头脑冷静,以她这个年龄的女孩来说,酒量不浅。现在似乎不是重新定义一段关系的时机,他没有打电话给她。

"决不道歉,决不解释。"这是某个相信生机论的最高领导人的话,遵守得了的话,可以作为一句忠告。不过,在他内心,这就是他所做的一切。他的良心——不管那是什么——非常精准地跟着他的节拍,纯熟地偷偷靠近他,他永远无法与自己和平共处。

茉德的青春、躁动、悟性、热情与缺乏判断力令他难以招架,如此厚颜大胆,孟浪轻狂。他们互相诱惑,她这样么做,大概是出于对现实生活的无奈,而他除了贪婪,没有其他借口。

在读大学的年纪,布鲁克曼在莫哈维沙漠一处海军航空基地的海军陆战队服役,紧接着到阿拉斯加霍默镇的罐头工厂工作,然后在同一小镇的捕蟹船上担任船员。工资很不错,工作内容对二十世纪的美国人来说,难以置信的辛苦。他们从中西部招募愿意来干这档事的农家男孩,风险非常高,大多数的严重意外都是致命事故。有一晚北极的海水往住舱四周泼打,船只颠簸晃荡,左右摇摆——他在搁物架上觉得死定了。布鲁克曼心惊胆战,他不想死在冰凉的水里,不想嘴唇往上抵着顶棚,在水淹过头顶时最后一次呼吸。

在惊恐的状态下,他睡着了。他以前也有过这样的事,是在童年的时候——在绝对恐惧之后,睡意来临。他在狭窄的铺位醒来,穿好装备,爬上甲板,冒着雨雹开始工作。船长是阿拉斯加独立党的活跃党员,对一上船就要求不干的人(每个没出过海的家伙都会有这个冲动)定了一套规矩,半途而废的人必须看到一艘返航的船才能走,船长会卖防寒衣给他们,衣服的钱从他们应得的工资中扣除,卖得很贵。他们穿上防寒衣,跳船跃入诺顿湾,剩余的薪酬则用来补偿另一个船长的麻烦——如果他们能够顺利被拉上船的话。对真的生病的人,布鲁克曼的船长会提供裤形救生圈,要是得了盲肠炎,最后可能是海岸巡逻队直升机来接你。布鲁克曼做过其他艰苦的工作,在海上和在陆地都有,还莫名其妙坐过牢。

学校的午夜音乐电台正在播放查特·贝克翻唱的《然而，很美》，他给自己倒最后一杯酒时，妻子养的猫法夫纳走进书房坐到沙发上，这是女主人在家时它无法享受的特权。法夫纳看着布鲁克曼，好像希望有人跟它解释查特的音乐。布鲁克曼靠过去轻轻一拨，把它赶下去。法夫纳似乎喜欢音乐，但它非常笨，只能把它轻轻推开，因为它不像一般的猫那样动作优雅，可能会摔下去，耳朵碰地。

法夫纳舔舔腮须，立刻爬回垫子上，因为它知道布鲁克曼缺乏他妻子的权威和固执。布鲁克曼心想，波斯猫很笨，可有些确实具有神秘的力量，法夫纳就是这种猫，它能远远地召唤远方人儿的身影，将其映现在没有生气的蓝眼中。这一晚，布鲁克曼凝视法夫纳的眼，见到艾丽与女儿索菲娅，她们的身后是一片延伸到大地尽头的雪原。夏末，那片田是金澄澄的小麦，而现在覆了雪，也成了萨斯喀彻温省白湖附近最大的圈养场。艾丽和索菲娅戴着上浆的小帽子，看似两名当地的门诺教教徒，她们本来也就是门诺教教徒。索菲娅的日子会在学习母亲的信仰中度过，她重新学习哥特字母，用高地德语背诵教化诗句。在那里,她们住在永恒的安息日中。

在玄妙的猫眼中看见她们,布鲁克曼顿时满心恐惧,假如她们死了,假如飞机机翼结冰,假如飞机驾驶工作时聊天,那该怎么办?假如正义女神即将降临,随心所欲袭击无辜的善良人,那该怎么办?查特·贝克正唱着《佛蒙特的月光》。

布鲁克曼在故乡内布拉斯加州从事第一份教职时,认识了艾丽·班扎登豪特。他受委托写关于不丹的那本书,写完书后得到那份工作,服务的单位只能被称作师范学院,以前是一所州立师范院校,现在称作大学。绝对不是一间师范院校,这个词招致大量的误解。刚去时,有一天他拿起课程目录。这地方叫师范院校可以,但作为一所大学就很可笑,目录有个愚蠢的特点,居然在教师的姓名及学位旁放上充满欢乐的照片,教师好像一群嬉闹的捣蛋鬼,替儿童卡通节目配动物声音——呱呱呱,咩咩咩,咿咿咿。

一名教师的资料让他停下来:

人类学系教授艾尔莎·班扎登豪特博士
萨省萨克屯拿撒勒学院理科学士

温哥华英属哥伦比亚大学理科硕士

加州大学戴维斯分校博士

艾尔莎·班扎登豪特看似十几岁的模样，发丝金灿灿，皮肤非常白皙。他后来才知道原来在萨省白湖人人都长这样。她的笑容灿烂，但脸很长，五官——怎么说呢？很高雅。他爱这个"班扎登豪特"。他们结婚十一年了，她现在总用艾丽·布鲁克曼自称，"你为什么不用娘家姓？"他喜欢问她，"很多女人都这样。"

"学生不会拼，"她一本正经地说，"甚至不会念。"

她知道被取笑，但是不会回应。在少数他得以听见她念她娘家姓的场合，她吐出无价的音，低地德语和加拿大元音交错，只有白湖出身的人才可能听得懂。她也不喜欢"艾尔莎"。查特·贝克继续唱歌。

必须立刻断了和茉德的关系。自从艾丽打电话给他说她怀孕了，已经一周过去，他想给个理由，他认为茉德需要成长。

她现在就要成长，她必须学会一些事，其中一件就是每一件事都会结束。这样讲没有什么道理，正如他一个朋友某次声明："我没有玩弄女人，只是很容易跟人上床。"

她现在不会懂,但终究会明白。这不是容易的事。还有,要透露不好的消息——还是说任何叫她激动的话——最好趁她没喝酒时,茉德天黑后很少不喝酒。茉德是那种成绩好又酗酒的学生,由于课业压力大,这种学生并不罕见。酒精似乎没有耗损她的精力,也没有影响她的成绩,年轻人的恢复力就是这么好。学期即将结束,他们不必在课堂上碰面,她可以自行再找指导老师。

这样算玩世不恭吗?没错,他彻底履行了,却还是觉得必须想出另一个理由自辩。这是爱情,偶尔被称作爱情,只要是爱情终有结束的一日,而每个实践爱情的人都会有完全属于自己的一套道德原则。想必她没有期待会跟他结婚,万一她当真有过这样的傻念头,她一两年就会走出来,再去追逐下一个空幻且有成就感的经验。茉德追求有成就感的经验,她想要免费得到这样的经验。他觉得她鲁莽——掉以轻心,强人所难,她永远是那样的性格。可以想见她结束关系前,会伤了几个人的心。

查特·贝克述说爱情,说它多么可笑,说它是遗憾的。

七

隔日下午，布鲁克曼走在方院邻街的外侧，经过关上的窗户，听见自己研究室的电话正在响。约莫五分钟后，他打开最后一道保护研究室不受世界伤害的锁，电话铃声依然大响。他挂上外套，随它去响。几分钟前，他才与在多伦多机场的妻子通过电话，因此肯定这通电话是茉德打来的。她疯狂在他的手机里留言，从赔罪到酒后发飙都有，逼得他只好把手机关掉。不管茉德是否知道他在研究室，她反正是怎样也不挂。他让电话响，没有信号或电话线能够传达他必须告诉她的话，她迟早会现身研究室，到时他会把该说的说出来。他拉开研究室窗帘，因为已经没有任何不可思议的事需要掩藏。

余火在壁炉微燃。每天早上，学校会派工友去每一间研究室生一团小火，通常约见几个学生后，火就熄灭了。布鲁克曼狠狠用火种引燃一道火苗，拨火棒是从罗得岛医院工艺品小店买来的民俗工艺品，以动物为主题，角状，像生殖器。壁炉架上方贴着在现代艺术博物馆买的海报，印的是毕加索的《牵马的男孩》。布鲁克曼把邪恶的拨火棒放到壁炉架上，坐上从这栋楼地下室抢救来的气派黑色皮沙发上。他拿起听筒，电话另一头悄然无声，他推测她用手掌贴着话筒。

几分钟内电话又响起。这一次，他想或许艾丽在旅途中来消息，但又十二万分肯定装置内看不见的人是茉德，他听见她身后的街道声响，安第斯笛，车辆噪音。他挂上话筒，电话又响了一回。

那苦恼的男人在方院外绕圈，头发刚剪成老式的小平头，整整齐齐。他换了新镜框。布鲁克曼常见到这人，知道有人定期安排帮他打理门面，不管是出于自愿或拿钱办事，负责的人协助他度过中年岁月。他永远只身一人，布鲁克曼从来没见过谁跟他在一起。时光流逝，电话铃响，苦恼的男人绕着院子一圈一圈走动。

看着那人在严冬中绕行,随着不屈不挠的电话铃声节奏呼吸,布鲁克曼发现自己想起了几年前一个初夏的日子。当时是春季学期最后一周上课,宜人的微风夹着山茱萸和杜鹃花的香气,任务完成了,消息传达了。学校忙着准备校友会、毕业典礼,春心荡漾的青少年奋力抵抗本能,用功准备期末考。英语系有一位高大的女教授,英气飒飒,少年白发,出身缅因州海岸,名叫玛格丽特·坎普。有人说玛格丽特燃烧着过于明亮的火焰。后来她在比较文学课上突然解释起宇宙背后的单一系统,星云背后的银河,盘根错节的相对世界。其他要用教室的教员苦苦等候,同仁不再跟她说话,学生大多抱怨逃逸。不过,不是所有学生。

学校婉转要回教室,四个学生跟着她出来,他们在冰凉地面坐到天色暗了下来,玛格丽特继续探索宇宙心脏冲撞其表面的晦涩系统。学生包括一名将军之女、一位马术队杰出女骑士和骑士来自加利福尼亚州威德靠奖学金读书的男友。最后一个是新奥尔良来的学生,这名年轻男子异乎寻常的有教养,令人印象深刻。

深夜时分,校园安静下来,只有远处醉汉的叫喊。玛格丽特和朝圣的同伴在馥郁的庭院徘徊,四名学生宛如在古陵遗址尾随导游的游客。校警看着,但没有上前询问,教授行事怪异不是一天两天了。早晨来了,又一个夜晚降临,接着太阳再次升起,照在玛格丽特和学生的身上。玛格丽特比手画脚,声音嘶哑,固定不动时,如向死而生一样美丽。学生眼神麻木,流着泪水,一同大笑,惊奇地举高双手,曾是巴斯镇一流造船木匠之女的玛格丽特,以魔法召唤出五月天的晨昏。

辅导室一位叫乔·卡尔的女人停止了这一切,她一手揽住似乎准备要重重打她一拳的玛格丽特。学生绕圈游荡,治疗他们的精神医生认为他们吸毒,他们之中也许有人吸毒,但关键不在于是否吸毒。两名学生休学一年,另外两名休学几个月。校方提供地方安顿他们。这场行动过后,玛格丽特立刻动身前往她在南塔克特岛的屋子。

玛格丽特·坎普在学校有个密友,名叫康斯坦丝·豪伊,也是英语系教授,研究室在布鲁克曼的隔壁。康斯坦丝是一位年长的女士,平日相当明智,但偶尔让人感到意外。有一夜,布鲁克曼工作到深夜,隔壁康斯坦丝的电话响起。他专心写着一篇快完成的文章,两个小时后察觉一件奇事:电话还在响,他这才发现原来电话从头到尾一直响个不停。他离开研究室时，电话还在响。他走路回家，相信那一定是玛格丽特的求救电话。夜班清洁人员后来信誓旦旦说电话持续响了一整夜。隔日，在南塔克特岛，玛格丽特踢开自行车，在车库上吊自杀。

跟往常一样，没有一件事是不需要代价的。玛格丽特绝非第一个自杀的教师，横死事件在历史上殷鉴不远。青春期的混乱，中年的沮丧，酒精，更别提海洛因、可卡因、安非他命。残酷的竞争压力让人迷失方向、与爱别离、滥交及校方的漠然，催化了毒素，这些元素集合起来，在点着炉火的舒适图书馆，在梦幻迷茫的哥特式尖塔之间，会令人心绪不宁。这倒也不是说这地方缺乏大大小小的乐事。

茉德前一天交给他的文件摆在书桌上，他先是推开，接着打开信封拿了出来。原来是她替每周出刊的《公报》所写的文章，内文好像是反对每周在蕙兰医院担任纠察队的反堕胎示威人士。

有一页是什么动物的照片，印得不清楚，布鲁克曼拿到灯下细看，但深深浅浅的画面混杂，分辨不出究竟是什么。图说也难以辨认。接下来有一页的照片也是模糊不清，但是图说很清楚："可爱小孩，照片由反堕胎人士提供。"

"有没有问过，"正文写着，"他们是以什么权威的名义，骚扰妇女行使她们作为一个完整个体所拥有之权利？他们多数是神圣罗马超级教会派来的，我们知道神圣罗马超级教会喜爱可爱的小孩，报纸周周都在报道，这个宗教的神职人员哪会嫌可爱小孩多？如果女人决定终止妊娠，这群家伙如何弄到住在收容所或进出收容所的少年来调教呢？想一想！"

这是他没读的那篇文章，她特意请他读的那一篇。

他继续往下读。

"这帮勇猛的恐吓人士，用这些玲珑可爱的胚胎照片款待我们，一年大约五十七次。他们如果不是以神圣罗马超级教会的名义而来，便是代表神召会，他们是上帝召集起来的，目的是……"当然，还有别的批评。布鲁克曼把文章拿到灯下，仔细看照片，应该是人的照片，是一个小孩。"天哪。"布鲁克曼大喊一声。没错，这就是她会做的那种事。我本来可以说服她不要发表的，他心想。如果他读了她的文章，如果他没有躲避她的电话。

"你们可能无法辨别，但这些畸形孩子是按照'壮阔永恒之蓝的假想纸镇'的形象而创造。伟大的纸镇却也是伟大的堕胎士——在他创造的活泼小淘气中,有叫人心寒的百分之二十机会会夭——他却不喜欢有些女孩子做这件事。

"他既看顾麻雀①,他保护他所有的创造物,即使是那些不如他的步兵团举着的小小生命,那样可爱的创造物。记住,降生之后即是生命,这是步兵团从不厌倦提醒我们的一点,那也是监狱和死刑毒针存在的目的,他是伟大的酷吏,他只想要永远油炸你的屁股——不只炸一个小时,不只炸一年,而是永远永远炸下去。"

她这篇写得太过火了,她对他的感情太投入了,她这一生将走得极端。至于他,他的愚蠢和自私是有限度的,他一度因为愚蠢而坐过几天的牢,除此之外,他一向很幸运。他爱过她,"爱过"是贴切的描述。情人,兄长,近乎父亲——她对他推心置腹,也许对他说了她要对父亲说却不敢说的话。别人可能会挖苦说,这是代尽人父之责。或许没有调侃的意味。

---

① 《他既看顾麻雀》(*His Eye Is on the Sparrow*)是著名的福音圣歌,歌中反复吟唱"他既看顾麻雀,深我必蒙眷佑",典故出自《马太福音》第十章,强调在上帝眼中人类的生命比麻雀更加珍贵。

茉德的父亲是纽约警察，出身皇后区，丧偶。茉德显然很崇拜他。她会嘲笑这男的，模仿他的样子，摹效他严峻的口音，却不知她不用装就听起来像他。一个性格像茉德的警察，想了就令人不寒而栗。他是宗教狂热分子吗？因为茉德是狂热者，不管她站在哪一立场。她上大学前，受到某种古老天主教思想的影响，布鲁克曼本以为那种思想已经从上个世代的文化圈———一群充满怨怼的薄唇家伙中消失。现在，她反其道打出同一张牌，以教会学校狡猾轻佻女学生的稚嫩干劲为武器，背诵出现在她脑中的每一个脏字。

她出于本能归为道德疏失的行为，既刻意又轻率，同时充满强烈感情。她曾在沉迷于自残的心态下对他描述自己偷小东西的事。她也对他说过，她十几岁时"异常的虔诚"，如今却写了这篇大概会像病毒在网络上疯传的文字，文章会在网络上流传，让不该读的读者邪恶地珍藏起来。

他心想，她是警察的女儿，难道不知道会引来什么麻烦吗？难道她只预期会有来自各方的喝彩吗？无论如何，他是她的指导老师，或许能够说服她不要做出这么愚蠢的行为，这一定会给她带来超乎她所了解的麻烦。不过，他已经开始离弃她了。

他察觉电话不再响了,走到窗前往外头方院看出去。他打她的手机,她的手机没开,她房间的电话也没人接。他怀疑是否会听见门口响起咚咚咚的摩尔斯电码。

《公报》预定明早出刊。他想到其他编辑或许会决定不刊登这篇文章。

不过,那些编辑跟她一样是学生,他们怎么会同意抑遏这些教派过分恶劣的滋扰行径所引燃的公愤呢?

接着,他无端想到一件事,茉德可能诅咒他的婚姻。对他的妻子,对她肚里的孩子,对他还未出生的孩子施展咒语。尽管如此,他认为不能让茉德孤独无依在那样的处境中,于是,他出门找她。

外面又越来越冷了,有人在方院栅门对街的泰勒图书馆大会堂生了火,有几分中世纪风格的大会堂融合了斯坦福·怀特[①]巅峰时期的特色,美感超脱了现代主义者与后现代主义者的讥讽,超越了真实。炉火在铅饰玻璃窗内发出迷人的亮光。哎!这里就是地狱,布鲁克曼心想,我离开了。

---

① Stanford White(1853—1906),美国名建筑师,擅长所谓的"美国文艺复兴"风格,设计过许多豪宅与公共建筑。

八

周五早晨,茉德醒来,察觉外头雨雪纷飞,脑里听得见他讲电话的声音,但她知道他根本没有接电话。她没有联络上布鲁克曼,只大概记得从河附近的酒吧雅座走回宿舍房间。她想他们一定叫她离开。小贝正在她们的衣柜里找东西,见到茉德醒来,拿起刚出版的《公报》放在茉德的床上。

"嘿,爱人,"小贝说,"恶名昭彰的你又喝个烂醉,你昨晚走路东倒西歪。"

"讨厌。"茉德低声说。

"喏,你的报道在那。"

茉德睡眼惺忪盯着校刊,她的专栏在头版左侧,下文接到第三版。

她费力下床,拿起暖水壶喝水,然后穿衣服。

"他们删掉照片。"

"哎,有人发现了这事,把照片放上网,你的照片也上去了,看来这事会给你惹麻烦。"

"很好。"

"我咧,我喜欢,"小贝说,"但以后照相不要站在你旁边,以免你像圣女贞德那样出名,好像已经有人在跟踪我,还以为我以前的男人又重生了。"

茉德慢慢起身,摇摇晃晃朝浴室走去。

"你心爱的导师昨天晚上来找你,"小贝告诉她,"好像来了两次吧,一个傲慢的老教授,居然莅临我们这群流浪儿的脏窝,为了你,为了心上人。只是我猜他要去机场接他老婆,因为他接到她的电话。"

"闭嘴!"茉德大声说,用力把浴室门关上。

茉德出来时脸色依然苍白,雪儿贝很懊悔。

"我早上总是话很多,宝贝,我满嘴胡说八道。"

茉德站着落泪,泪眼看着小贝,像一个野蛮的小孩,小贝从来没有见过朋友这个样子。

"我不知道该怎么办。"

小贝走过去抱她。

"茉德,宝贝,我懂,我也曾经很不快乐,曾经很害怕,谁都会有这样的时候,真的。"

她留茉德在房间中央,走到窗前往外看,流浪汉正在排队领教堂发的食物,跟鸽子一样。

"现在很痛,但不会有事的,"她说,"听我说,茉德,回家吧,你应该要回家,离开这个可笑的学术圈,下星期就放假了,少上几天课不会影响成绩。回家,离开他,

离开我,离开这里的 vida loca(疯狂生活)。"她从柜子拿出茉德的旅行袋放到床上,"离开这里,以免之后——"

"我想见他。"茉德说。

她已经停止哭泣。

她紧抿着嘴,长长的嘴唇抿成细细一条。她咬紧牙关,下颚颤抖,指甲掐进手掌心。

小贝摇头。"嗯——嗯。"

她把茉德抽屉里的东西通通倒进袋子,走去自己的柜子,在袋子装满各种东西——几件外套、一顶软帽、

几只手镯。

"喏，瞧，我把我从来没付钱的漂亮东西给你，晶晶亮亮、性感迷人的行头，小明星顺手牵羊的战利品，但，毒品和枪不能给你。"

她把自己最好的那件人造皮草外套搭在茉德的肩膀，将室友转朝门口，又抱住她。

"穿暖一点，茉德小猪，我喜欢你把脖子包起来。别喝太多，耳朵会肿，真的！"

茉德出去了，但把袋子留在地上。小贝没有追她，只是从窗户看着友人走到街上，披着人造皮草朝大学走去。小贝茫然望着天空叹气。

茉德想起一件事，不管布鲁克曼的老婆回来没有，他那天早上有课。去学校途中，她经过贝氏咖啡馆，赫伯特——咖啡馆的住友领袖——在他外头那张桌子挑衅天气，用嘶哑的声音向她大声打招呼，问他爱得要命的小贝在哪里。她继续快步朝方院前进，用小贝的外套裹着身子，开始跑起步来。

到了方院，门锁让她慢下来。她没有在布鲁克曼离开教室时拦截到他，于是去了他位于科特兰楼的研究室。这一回，她没有向他打暗码，只敲了三下，一下比一下稍微大声。他打开门,没有露出惊讶之色。

"进来,茉德。"

"'进来花园,茉德,因为黑蝙蝠——夜——已然飞去。'① 就这样?"

"坐,亲爱的。"

"你不想碰我?你不想握手?"

他抓住她的双手。

"最好拉上窗帘吧,嗯?"茉德建议。

"我昨晚去找过你。"

"但是你必须去机场接你老婆。"

"对,还记得吧,我告诉过你我太太要回来了。"

"有吗?啊,我想你有说过,所以你躲避我?"

"我是希望在你脑子清醒、心志清楚的时候见你。"

她挣脱出一只手,布鲁克曼认为她快揍他了。

"我关心你,茉德,我怎么会不关心呢?你知道我太太要回来了,她怀孕了。"

"怀孕,"茉德说,"真的?好讽刺,不是吗?正合

---

① 出自英国诗人丁尼生(Alfred Tennyson)的诗:《到花园来,茉德》(*Come into the Garden, Maud*)。

时宜的主题。"

"茉德,坐下。"

她在原地坐下。布鲁克曼冒出一个不安的想法,他突然领悟到她那个干刑警的父亲大概是什么模样。

布鲁克曼觉得很累,便在刻着校训的船长椅坐下,*Lux in umbras procedet*。

"我们从来没有明白说过我们的生活会改变,"他说,"但我们知道,生活永远在改变,你现在的年纪应该明白。"

"不,"她说,"我不明白。"

"什么事让你那样拿堕胎来胡闹呢?"

"是怎样,"她问,"你不喜欢那篇文章?"

"充满你的风格,小乖乖,但带来的麻烦很可能超出你的预料。"

"让你有了麻烦?让你老婆有了麻烦。"

"坐下,茉德。我不是那个意思。"他注意到她裹着一件可笑的人工皮草,而且散发出酒精的味道。

"可惜你不喜欢,你为什么没读?要是读了,你会叫我不要发表吗?也许你会叫我不要发表。"

"我不会,我可能会给些建议吧,我很担心。"

"所以昨晚来找我?"

"我想确定你没事,确定你清醒理性,而且已经稍微考虑过这篇文章会引起的反响。结果你不在。"

"而你得去接你老婆。"

"嘿,茉德,你知道我太太的情况,你难道希望我把她丢在机场吗?"

他突然动怒,茉德怕了,茉德靠着面对他书桌的椅子。

"你为什么没读,史蒂夫?哎呀,我是在向你炫耀耶。"

布鲁克曼站起来。

"茉德,亲爱的茉德,我希望做你的老师,我希望我们在彼此的生活中扮演一种角色,我们现在不能做情人。"

"我知道答案是什么,"她说,"你永远会是我的老师,我永远会是你的学生。"她从眼角看他,那模样又怨恨又淘气。

"这些事情没有答案。"

"哦,有的,有答案,我们去巴黎,想带我去巴黎吗?"

"你最好清醒过来,孩子。"

"我会成为乔·卡尔以前那样的修女,我会叫我爸把你的老二切下来,我们会住在法国,写绝妙的信鼓舞未来的笨蛋世代,就像你和我,教授。"

"我是凡人,茉德,跟你一样,有一天你会懂。"

"你知道你伤我多深吗,史蒂夫?"

"我知道,茉德。"

她觉得天旋地转,嘴巴干得再也提不出问题或建议。

"我伤了你,茉德,"他说,"但你……你知道——"

"别说。"她说。

然后,她出去了,走入方院。他坐在他的船长椅看着她走远。

小贝回到她们的宿舍时,她替茉德打包的袋子不见了,茉德跟着它不见了。

九

艾迪·史塔克练出一个古怪的技能,不看着镜中自己的脸也能梳头发——残余的头发。他会一直凝视发际线。有个风趣的外国人说过,男人四十岁以后要为自己的脸负责。史塔克已经过了四十,确切地说,他刚满六十五,在已经担上的责任之外,他一点也不想要再有其他责任。

而脸要他负责。青春——他永远嫌不够,别以为他不曾照镜子。他有一张爱尔兰佬的脸庞,不带感情,缺乏特色,可以瞬间露出揶揄的狞笑,化作一张触目惊心的脸孔。假装生气的表情,烦恼的表情,被人利用怒气难遏的表情——这些表情让他的搭档在追捕过程中忍不住捧腹大笑。他也不是完全没有研究过假惺惺的笑,半真半假的笑,由衷的笑。干了这一行,他才知道自己对女人有多大的吸引力,大多数女人都有一点喜欢警员,但史塔克刑警的魅力引人嫉妒,他隐约知道自己也有真正愤怒的嘴脸,那是他绝对不会正眼瞧上的面孔,但私下偶尔表露出来。如今,他整个生活都属于私人的,他知道他必须经常戴上那张脸。

看看他那张脸,母亲经常这样说,语气充满爱怜。不过,他现在的这张脸,他必须避免在镜子里看到,他走在路上的那张脸,是另一张脸。里奇蒙丘有很多外来移民人口,现在多数居民跟他一点也不像,他们皮肤不白,身材不高,不是"流血男"(过去白人拳击手在比赛中的外号)。当他戴上那张脸上街,一张已经让酒精、高血压及喜怒无常剥去一层皮的脸,他想象自己被人看作爱尔兰酒鬼,一个酒奴,一个日益老迈的流氓。对初来乍到在雷佛兹大道好奇注视皇后区既有居民的孟加拉人、毛里塔尼亚人或印度拜火教教徒,还有他怀疑鄙视他这种人的人,他露出湿润的蓝眼和红润的脸庞。他的对策是摘下眼镜,这样就看不清楚路人的表情,也看不清楚自己在橱窗上的倒影。除此要对自家前院的树篱负责（所以他出钱雇用一个亲切的厄瓜多尔人来修剪），他的确觉得也要对自己的脸负责。他简直觉得惭愧。

其实，让他请人修剪草丛的原因，才真的叫他几乎无地自容。他出门办事只能一步一步走，且要先使用他那三罐调养用的气喘喷剂，他有时也忘了喷。他有肺气肿，医生认为已经很严重，所以他尽量忽略在人行道上被小他二十岁的人超越，忽略后方被自己挡到路的年轻女子所发出的无耐叹息，甚至努力直视前方。他觉得汗颜。先前还未确定病情时，有一回他从地底深处的杰克森高地地铁站往上爬，爬到第二段阶梯时陡然停下脚步，一名正好下楼的美丽年轻女子——应该是个性感女郎——就要经过他的身边。他虽然喉部痉挛，无法呼吸，还是注意到了她。"哎呀，先生！"她说，"哎呀，先生，我可以帮忙吗？"他怕以后再发生同样情况。

抽烟是肇因，另一个更重要的原因是，他去了双子大楼。他认为他到现场并没有帮上忙。他从不提那件事，其实也没有谁可以提。不少他认识的人去了，有人——相当多的人——在现场殉职。也有人一个半月后去了那里，就不讲其他的事。有人没去，却说自己去了。史塔克清楚的是这起事件的黑暗面，他指的不是远方来的小伙子，误入了歧途，基于信仰而采取行动。亦非可怜的罹难者——愿上帝救助他们。而是不一样的人性面。史塔克认为，悲痛欲绝之事皆有其阴暗的一面。

一个微暖的十二月早晨，他走了四百米的下坡路前往大道。天空多云，没有冬日的刺激，不用看报，他就知道当日空气不佳。他的战略如下：走这段下坡路，经过上进邻居的小房子，然后买一份《时报》。他曾经密切关注大事，现在几乎只读体育版。除了《时报》，还要买《邮报》，因为这天是星期五，他想知道星期天的比赛赌率。史塔克被严格叮嘱，办事不能开车，要用走的，这是"不用则废"的原则。

他走在大道上，老练地忽略身旁的人事物，走去他从小到大称作糖果店的店铺，以前莫里斯在那里卖蛋蜜乳，据说也经营外围下注站。现任老板是一个巴基斯坦老翁，戴着证明他去过麦加朝圣的白帽。原来他是个有趣的老前辈，性格开朗，甚至很爱开玩笑，只是比不上莫里斯那样滑稽逗趣。这天顾店的是老翁一个阴郁的年轻亲戚，史塔克买了报纸，走最平坦的路线回家。

房子维持得整整齐齐，但家电需要换了。家具是各种六十年代初期风格的老古董。史塔克不买家具,也不买家电,一度买了航海图片挂起来,墙壁上还有一幅茉德十几岁时画的画,图片和画让他多少感到振奋。妻子走后,茉德也过了虔诚的阶段,他就把客厅的十字架取下,小心藏在茉德用绸缎包起来的塔罗牌旁边。他拿下所有的宗教圣物,收进壁橱,只留下一张达·芬奇的《圣安娜与圣母子》仿画没有收起来,还挂在楼上的走道。他对那东西有一点内疚;暂且不论宗教,它总是叫他心烦。

他不会丢了那些物品,那样做非常不敬,况且他也不想激怒清洁队员。

这一天晚间,他第二度出门散步,前往一座现在也有韩裔教徒的古老长老会教堂。教堂地下室是戒酒无名会的聚会地点,没有韩裔参加。一个七十五六岁的意大利裔美国人有点失智,也许有韦尼克脑病,站在门边的咖啡壶旁,以一句感"界"苰"宁"欢迎经过的每一个人。

散会后,史塔克对这次聚会情景印象模糊。来的是平日那批人,两三个男人正在缓刑期间,其中有一半的人喝醉了。几个认真的基督徒,一个很久以前的皮货工工会里的老酒鬼。黑人,白人。

发言的是个音乐家,戒酒一年,外表年轻,口齿伶俐。以下是他的分享:他告诉聚会的人,他小时候和家人吃团圆饭过逾越节,依循传统留一杯酒给先知以利亚。

"不是甜甜的美国康科德葡萄酒,我家里的人不喜欢那种酒,我们喝的是法国拉斐酒庄的葡萄酒。我小时候常用我的拿手好戏娱乐大家,先偷溜出去随便找了件男人的外套和帽子,装成老头子,一跛一跛走进去,假装是先知来了,我拿起酒喝下去,所有的亲戚都被我逗得哈哈大笑。"

"所以,"年轻人说,"我不停追求童年的信仰。"

史塔克发出共鸣的笑声,却感到一阵强烈而深沉的悲伤。他没有留下来朗读《宁静祷文》,他的爱女鲁莽又叛逆,每逢需要妻子或渴望妻子时,他才感伤她都已经死了。他永远有力量抵抗自怜,再不济也能忍受。

是一时糊涂,他心想。那是某个冲动的罪犯想干出愚蠢勾当时,他对其他警察开的玩笑。

"一个脓疱,一时糊涂。"他经常这么说,大伙听了哈哈大笑。

"感'界'苢'宁'。"史塔克往外走,那人又说了一次。他走最轻松的路线回家。

跨上门廊的台阶——跟爬上上楼的楼梯一样——让他精疲力竭,他在最近的扶手椅坐下来平复呼吸,他知道茉德回来了。他察觉到的线索推他回到他们的过去,昔日情景振奋他的心,也打击他的心。香水,大麻,她上次离开后家里就不曾解禁的烈酒味。在这些气味底下,在他脆弱的时刻,还有她童年时心爱的、恐惧的、欢喜的、愤怒的所有气息。他摇摇晃晃站起来,务实地伸进口袋拿气喘喷剂。

上楼是件麻烦事,但他是过一天算一天了。茉德的床乱七八糟,可爱的她躺在上面,头发披在枕上,被雨淋湿的衣服散落在四周。她最叫人不满意的地方是那烟草味,他决定不容忍。

没有她的消息,不过圣诞假期即将到来,他不怎么关心,但她必定会回家过节。她看起来很舒适,大概喝了不少带回来的酒,他决定让她留在那里。

十

他在客厅拿起正在看的书,是一本从开放时间极短的图书馆分馆借来的书,谈论第二次世界大战的情报工作。巴顿将军的幻影部队,"霸王行动"如何决定登陆的海滩。他听见茉德从她的房间出来才把书放下。

"嗨,女儿,"他说,"你没说会回来,我没想到你回来了。"

他问她过得好不好,学校情况如何,就像她在读中学的时候。

"都很好,"她说,"很好玩,很有趣。"

"有没有带什么诗来?因为我诗读得不够。"

"没有,"她说,"对不起。"她站着陪他一会儿,接着开始走上楼。

"喂,"他说,"我可以请你出门吃晚餐。"

"不用了,可能有人会约我。"

"那么你回去前找个晚上?"

"好。"

"我很少出门,"他对她说,"得保留精力,为了安宁,你知道的,因为你总是让我不得安宁。"

他在开玩笑吗?她心想。不是,但是他希望收到一个笑容作为回报。

"喂,爸,家里有没有喝的?"

"没有,"他说,"此地禁酒。"

他说没有喝的,骗人,他为了抵抗邪恶的酒精,存放着一瓶尊美醇威士忌不喝,这是一个冒险的行为,但有个他敬佩的朋友成功了。茉德恰好知道藏在哪里。

"我在这里抽大麻,你会介意吗?"

他一时没有回答。他以前容忍她抽大麻,自己工作时抽过,有时也抽可卡因。

"嘿,"他说,"那玩意儿是别人的命换来的,就像现在的可卡因,墨西哥许多穷人因此送命。"

他叹了口气,叫她去楼上抽。她上楼后,鬼鬼祟祟去了阁楼,到她父亲挑战自我的烈酒那里去。酒瓶在盒内,原封未动。他从来不上来,她可以隔日再放回去。回自己的房间途中,她经过母亲以前的小书房。母亲走了将近四年,房间几乎没有改变,房内有一面布告板,父母钉了她的画、数篇印出来的文章、从校刊剪下来的文章,还有她用彩色墨水装饰的诗。

板子下是一台古老的电脑,茉德更新过系统,让母亲能够上网,屏幕的字体也可以放大。爸爸把母亲的照片立在机器上,茉德紧紧握着偷来的酒瓶,尽量不去看照片。尽管如此,她在停顿的时间已经听见童年住家的声响。他自作聪明的声音,妈妈说故事的声调及笑声,电视声,她自己走楼梯的脚步声,她的父母,以及她自己小时候的幽灵。

为了忘却这一切,她必须含泪点燃大麻,让瓶盖折断指甲,没掺水,直接喝下威士忌。可怜的家伙,他想要成为英雄,不管是怎样的警察英雄,可惜她爸爸都不是。她觉得酒难喝死了,大麻抽起来超爽,抽得人都弱智了。这里没有别人,只有我,我不在这里。她收起毒品,藏好酒瓶。

她要出门时,他说:"你这样子很好看。"

"是吗?"他看起来很郁闷。她笑他,她无法忍受再和他共处半分钟。她心想,如果能够笑他,就能笑那个该死的布鲁克曼。

"开开心心去玩吧。"她的父亲说。

十一

"你在那里怎么洗盘子?"布鲁克曼问他的女儿,"去河边洗?用头发洗?"

他正在帮索菲娅洗盘子,艾丽在她的书房工作,看先前累积的邮件。索菲娅一面洗碗,一面唱门诺教圣歌。"爸爸,河都结冰了,这样做很笨耶。"她反对这个蠢行,但似乎也觉得很好笑,她过了几秒才笑。"用我的头发洗?"

布鲁克曼觉得她是一个缩小版的班扎登豪特。他本来想这样跟她说,却又不想让她在重新适应故乡文化的过程湣惑不解。一年来回白湖和埃姆斯伯里两趟,她必须在高地德语的哥特字体手抄本《圣经》与最新电子邮件缩写之间来回,必须从容不迫转换两种语言文字。布鲁克曼偶尔想知道她是如何应付,于是开口询问,女儿告诉他,这种经历有时很棒,很怪,很好玩,视情况而定,但也不完全是这样。

"那里跟这里,哪边比较奇怪?"那一夜他们洗好盘子后,布鲁克曼这样问她。很久很久以前他去过那地方两次,他认为自己也走过大半个地球了,在白湖却很难感到轻松自在。"上次我去那里,觉得好像有人被派来对我表示友善,差不多两个人吧,其他人都假装我不存在,那是在你出生之前,小苏。"

"那里的人就是这样,"索菲娅说,"不过他们从我的小时候就认识我。"她想了一下子。

"如果他们不认识你,他们就不知道要说什么,所以他们什么都不说,你也不说话,很快你就好像不存在,接着他们就表现得好像你不存在,那么你也可以说是不存在。"

"我在少数几个地方有过那种感觉,小苏,不只在白湖。"

"就像我穿美国衣服他们不见得会认出我,要是我用Muttersprache（母语）说嗨，他们就说索菲娅！那些小孩子，他们叫其他人'讲英语的'，他们叫美国人'讲英语的'，叫其他加拿大人'讲英语的'，他们叫所有外人'讲英语的'，就算那些人讲法语。"

艾丽走下楼。

"它是一个与众不同的聚落，你知道的，"她说，"总会有非常世故的人，你会吓一跳，有的人精得要命。"

"没错。"布鲁克曼说。

"爸爸正在问哪边比较怪，白湖还是这里。"

"哦，是吗？那么是哪里？"艾丽问，"从个人经验来说？"索菲娅还没回答，艾丽就打断她，"当然，别忘了，小苏在两个地方都是一颗异特的星星，"又对布鲁克曼说，"她的经验因此受到限制。"

"两个地方都怪，"索菲娅说，"我不想一直在那里，我错过太多东西，但有时我觉得我想在那里。"

"当你想回到小时候，你会想念那里。"布鲁克曼说。

索菲娅匆匆离开房间。

"我把她惹哭了。"布鲁克曼说。

"成长很不容易。"艾丽倚着水槽,微笑看着干净的盘子。"讨厌,史蒂夫,你也把我惹哭了。"

"我好高兴。"他对她说。他非常开心她怀孕了,但在那一刻他其实并不开心,而是庆幸能够稍微脱离最容易让她哭的话题。

"精神上很累,"艾丽说,"旅途、风、过热的机场、海关,你知道美国海关有一次拿走小苏的柑橘吗?我对他们说:'搞什么鬼,你以为这个橘子哪来的,巴芬湾吗?'"

"他们才不知那是哪里,"布鲁克曼说,"骂得好。"

"加拿大海关坏的时候更恶劣,美国人举止像僵尸,你们这些人觉得可爱,是喜剧演员,他们又凶又刻薄,演的是苏格兰独角喜剧,北方的幽默。"

他们在水槽边默默站了一会儿,布鲁克曼看着妻子,虽然她说哭了,眼睛是干的。他作好心理准备面对无法逃避的事,事情却尚未来临。

"有一次,"艾丽告诉他,"礼拜刚结束,我和小苏在那里的聚会所聊你们两个刚刚聊的,你知道的,就是那里、这里、不一样的地方等等,哪里比较怪?是这里。还是那边的环境。"

"我们给了她一个偏差的人生。"布鲁克曼说。

"起码我们给了她那个人生!"艾丽说。

布鲁克曼非常同意。

"也许因为当时做完了礼拜,小苏问我:爸爸祷告过吗?"

"你怎么跟她说?"

"她那时很小,大概五岁、六岁吧。我说,唔,会啊,会啊,他用'讲英语的人'有时祷告的方式祷告,当然是假祷告。"

"我不知道我的祷告是不是假的。"他抱起手臂,离开水槽,朝厨房窗户走去。

"我觉得你们那种祷告——我是指你以前的族人,你们的那种祷告……不讨人喜欢。"

"的确,史蒂夫。"

"喏。"他转向妻子微醺地说:"有什么用?你不能跟上帝要求任何东西,你不能请求特殊待遇,你不能恳求成就你的图谋。"

"没有交易,"她说,"伟大的神,渺小的你。小苏可以告诉你,你认为她对自己的想法跟美国小孩一样吗?"他们两人都转身看她是否在听,接着压低声音。

"她会告诉你我们怎么祷告,我们以前怎么祷告。"

"她……"布鲁克曼开口,艾丽却打断他。

"你崇拜万能的上帝,你感谢他的荣耀,你崇拜他的旨意,他派他的儿子,该来的一定来。你发现他的旨意,赞颂他的旨意,你怀抱信赖,你活得正正当当,你付出关爱。没有交易。"

"你让我感到羞愧。"布鲁克曼说。

"很好,"她说,"我爱你,我是被派来向你解释这些的,你并不像你与其他人以为的那样厉害,你自怜,你放纵,白湖的乡巴佬会说那叫自满。"

"自满。"他以低沉的声音重复。

"告诉你另一件事,"艾丽说,"在我幼稚的迷信中,我相信上帝决定我必须做的事。"他看着她掩住嘴,几乎因为自己的话而大吃一惊。他对她可能要说的话又兴奋又害怕。艾丽跟随他走到外面阴雨冰冷的门廊,门廊朝向一株快死的相思木与一口木头井口的废井。为了再生一个,他们努力了好久好久,他取笑她故乡的生子偏方,他听从艾丽一个友人的建议,穿宽松的四角内裤穿了一年,但是他们压根没提过祈祷的事。

"但我们办到了,艾丽,我们办到了,这不就是上帝的征兆吗?这不是神的恩典吗?"

"努力了这么久,"她说,"吃了那么多的苦头。"

她别过脸去。

"我只是我,亲爱的,这是神恩吗?如果我让你的自满侮辱我和我……孩子的名声,我必须小心摸索,我必须感受他的意向,如果你真的让我受辱——在我愚昧无知的心态下,我认为你透过我让他受辱——我不知道他会下什么命令。对不起,史蒂夫,我的爱人。

"这听起来很蠢,我对你的爱,次于我对于上帝的爱,不要觉得我太过分,我们不是在演歌剧,你知道这是常有的事,嗯,对我老家的每一个女孩子,这是规定,是命令。你是我的丈夫,你也是我的史蒂夫,但我必须确实感受到,从现在开始,必须如此,我必须感受到事物的正义,事物的满足,你必须让我拥有那些。"

他稍微离开她一点,依然握着她的手。

"我想你以前不曾如此跟我谈这件事。"布鲁克曼说。

"没有,过去说的话,那就他妈的太尴尬了,对吧?但你知道的,是不是?"

"对。"

"旧的东西又流行了,我们越来越老了,也许只有我,也许只有当我到上面的时候,旧的东西才又会流行。"

"我们只拥有旧的东西吗?"

"是我只拥有旧的东西,亲爱的史蒂夫,当然,我不如你聪明。"

十二

结果,茉德去了肉品加工区①一间拥挤喧闹的夜总会,酒吧蒙着薄薄一层可卡因的烟雾,女厕马桶水箱上烟雾更浓。那男的说在华尔街工作,咳,好啦,他工作的证券公司在新泽西,但他住在曼哈顿商业区,离原爆点②不远。

"真的,我爸在原爆点停留大概半分钟。"她脱口说

---

① Meatpacking,纽约曼哈顿的一区,曾以肉品加工工厂著称,今日则聚集着时尚潮店。
② Ground Zero,世贸中心遗址,本指核爆炸原点,后引申为巨大变动的发生地。

出。"我老爸现在没做事,以前在皇后区当警察。"她醒来的地方是一间肮脏公寓,发出石棉、铅、死人和打免费电话到波兰的男人的气味。那人已经走了,但她不再会为了报复,偷烂男人的东西,或搞乱他们的公寓。这事她好像干过一次。她想喝掉他的廉价威士忌。结果难以入口。那家伙在马桶里留了一个安全套,漂浮的套子很恶心,反而让她稍微安了心。没有淋浴设备,只有一个带脚的破浴缸。她想再不济还有那个。算是一种约会强暴吧,但她想,算了,别再想了。她不能肯定,但那人好像没有硬起来,他把套子放在厕所,大概是要让她觉得自己很强,引发快乐而虚假的记忆。总之,她离开那里,回家,好好梳洗一番。

她又睡了,醒来想到却是布鲁克曼的事,思绪无法整理。她集中心思回想布鲁克曼的妻子。好笑,太好笑了——布鲁克曼伉俪——由于太好笑了,在痛苦和纷乱的心绪中,她恍惚洞察到自己如此悲伤失落有多荒诞。

女大学生经常小心观察布鲁克曼的老婆。笑容可掬的容貌,大颗的牙齿,偏白的金发绑成马尾,几乎看不出来已经有了白头发。两眼有些靠近,眼珠带有野性的蓝。她戴大牛角框眼镜,有学生说她很丑,但胸部很大。屁股也大，噢，真的很大，有人说她有个大肥臀，那只是因为她有屁股，而他们有的人没有。由于日晒，她的脖子爬满皱纹，脸也是。她很不会穿衣服，看起来像公共电视儿童自然短片里的女人。茉德心想，啊，有一百万个逍遥自在的女人穿卡其衬衫，在自然短片中一派潇洒，把手指伸进袋熊耳朵中，但是只有一个布鲁克曼。只有一个我。也许在下一趟独木舟之旅，她会漂进流沙里，有人在沙上找到她的牛角镜框，其余的她，三千万年后才找到。她又笑又哭，在烟雾弥漫的房间打转，最后陡然跪在床边，把脸埋进前臂。

她冲出房间往楼下一看，见到父亲正在看当天寄来的邮件，身旁有一份《公报》。他严肃地抬头看她。

"我欠你一瓶威士忌。"她说。她想说，别露出这么可怜的表情，她还有好多好多话想说。

"不必在意。"他冷冷地说。

"不，我等等就还你一瓶，我出门去买，真的对不起，我最近总是精神恍惚。"

"好了，那就不必在意。"

她轻快从他的椅子旁走过，想去倒一杯冰牛奶。他跟着她走进厨房。

"嘿,茉德,"他说。他高举校刊。"这是什么?"

"是我投到《公报》的文章,爸爸。"

"他们不懂一种叫仇恨言论①的东西吗?"

"这不是仇恨言论,"她对他大声说,"这是拥护女权,让妇女能够掌控自己人生的权利,不让她们被——你知道我在说谁,是不是,爸爸?被伪君子掌控,爷爷那些纽约法兰克·斯佩尔曼大胖子的故事,是你告诉我的。"

"别管法兰克·斯佩尔曼大胖子。"史塔克说。他喘不过气来,在氧气瓶旁坐下,却没有拿起管子。"唉,茉德,你一点也不了解,你不懂,你让自己陷入危险,你以为那所大学就是全世界?"

"爸,如果我想公开坦率表达我的意见——"

"哼,呸,"史塔克,"公开坦率表达意见!公开坦率表达意见!抬头挺胸!'扬声高唱,直到天地共鸣!'② 战胜越共!那些人跟你背景不同,完全不同,你懂吗?

---

① hate speech,因歧视或偏见而抨击诽谤某社群或团体的言论。
② 出自《唱出我们的心声》(*Lift Every Voice and Sing*)一曲,民权运动领袖约翰逊(James Weldon Johnson)在一九〇〇年所写的词,由其弟(J. Rosamond Johnson)谱曲,传唱流行后,被誉为"黑人国歌"(The Negro National Hymn)。

你会激怒宗教狂热分子和那些白痴,你会付出代价。付出代价的人会是你!你拿什么跟人家赌?你不是哪个有钱人家的小孩,不是这些教授的小孩,你是你。"

"噢,谢了,爸,谢谢你祝福我噢。"

"我要说的是,他们如果想做那种事,怎么会找一个天主教女孩来做?"

"我?我不是天主教女孩。"

"怎么不是,宝贝女儿。随便你怎么说。讲到教授,你那里的指导老师,布鲁克曼那家伙,他是你的指导老师,应该关心你,他怎么没有?他劝告过你吗?他怎么会让你发表呢?"

"史蒂夫·布鲁克曼根本没看过。"

"那么他这个指导老师不太称职。"

"我想也是。"她说。

史塔克拿起氧气瓶的管子,按下"开"的按键,吸了口气,接着抬头看着她。她不再是孩子了,他心想,不再是任何人的孩子。"他是你的男朋友对不对?得了,茱德,我很少见到你,但从你谈他的样子我就看得出来。"

"你没看我的电子邮件吧?"

"别管这个,听好,"他说,"我想告诉你一件事,别人的宗教——不是像鸦片,不会产生鸦片般的作用,你要明白,宗教是他们的母亲,他们也许根本不了解他们的母亲,他们也许憎恨他们的母亲,他们或许以他们的母亲为耻。有时候母亲会让人去恨其他的人,逼使这种人做出任何事。"他回忆往事片刻,轻轻笑了几声。"我开始做警察的时候,他们跟我说:教训他们,让他们知道自己是什么烂人,但,拜托,不要提起他们的母亲。"

"我不在乎,"她说,"我以我写的东西为豪。"

她心想,我不能待在这里,他会伤心难过,但我不能待在这里。

因此,那天后来他出门参加聚会还是散步时,她把东西塞进旅行袋,穿上小贝的外套,去了曼哈顿,她在那里有几个认识的女孩。史塔克回家,发现她走了,又害怕又失望,因为本以为她会待到假期结束,起码那篇文章招引骚动之前他是如此认为。他站在原地,觉得天旋地转。

"芭芭拉!"他大声呼唤。不用说,每一回史塔克需要妻子时,才发现她都已经死了。

十三

小贝近日的大学生活,都在替茉德闪躲恐吓电话和语音留言。她们两个都不用宿舍电话,但有个人不知道怎么搞的居然弄到那个号码,《直捣地狱》上映之后,小贝已经再次被迫换手机号码,这次情况更糟糕,好像有人想先杀死她,八卦小报上甚至有她死掉的新闻。那个人同时还想为了更严重、更值得的理由杀死她的室友。宿舍有锁,居然还有三个人能够跑进来,三个都是女的,三个都想跟茉德说话。因此,对小贝来说,这不只是"她"的问题,也是"她是茉德的室友"的问题。感恩节假期期间,有人单独或结伙在校园拿着标语走来走去，内容与茉德有关。小贝认为茉德绝对应付不了。

让人毛骨悚然的还不止这样，整件争端让小贝精神失常的前夫又再一次改变信仰，这个经验让约翰·克雷马如醍醐灌顶。

约翰现在可以了解，他婚姻破碎是"地狱之家"——他对这间大学的称呼——造成的，它巧妙将他老婆跟一个魔鬼似的敌手放在一块，敌手让他老婆转而信守女同性恋的法律。狂热的克雷马正在安排一趟远征之旅，不管死活，都要救她出来。

母亲来了封电子邮件想说明约翰·克雷马的精神状态，小贝觉得很烦，理解她妈的日常语言已经够难了，她懒得再去搞清楚她电子邮件的意思。不过，小贝想通过电话听懂她的意思机会比较高。她拨了她母亲的号码。

"妈，快说，约翰·克雷马是不是还关在里面？"

"嗯，在啊。"

"你说他在里面？"

"嗯，他是在里面，但有时候不在。"

"惨了，什么时候不在？"

"噢，他们说约翰认识了一个导师。"

"妈,那应该是好事,因为没有人比约翰·克雷马更需要一个导师,但我怎么有种这整件事不是什么好事的感觉呢?"

"是这样的,有一个人,传道的,他叫罗素·傅密斯博士,傅密斯博士是州立疯人院的牧师,那里以前关了好多好多人,现在当然只剩小猫两三只,所以他可以治疗心灵创伤的人就越来越少。于是傅密斯博士就跟人说,你们一定要去跟医生说,说你们需要我过去,非要不可。依我看来,他们根本没说,不然就是说的人不够,想也知道他心里打什么主意,要是没主顾,医院就不会再给他钱了。"

"我在听,妈。"

"好啦,后来他遇到约翰·克雷马,就要约翰接受主。约翰就去跟他们说,他一定要傅密斯这个人,所以傅密斯就站出来说他要以牧师身份来照顾这家伙,我猜想他们说好,因为他开始跟罗素·傅密斯博士四处走动。"

"跟他四处走动?他们去什么鬼地方走动?法院难道不知道我有保护令,不许那家伙靠近我?"

"哎呀,拜托,宝贝女儿,你又没在附近看见他,有吗?"

"我要你确定他在哪里,听清楚没!我知道你行的,每两三天跟我确认一次,我才能放心排练演出,不用枪毙那个笨蛋。"

"打电话给你的律师吧。"

"哎呀,那样不就跟地狱一样了?拿枪打我那个脑筋有问题的老公?大概还得把傅密斯博士那个老头也枪毙,银幕甜心的形象毁了,老妈,我只能演'大胖'亚巴克①那种角色。"

"有什么演什么,宝贝,他搞不好对你早没兴趣了,不用老往自己脸上贴金。"

---

① Fatty Arbuckle (1887—1933),美国哑剧时代的喜剧演员,因肥胖的体型而得"大胖"(Fatty)绰号。

十四

茉德的文章登出后,有人开始示威抗议那篇文章。之后,一个寒冷的早晨,乔·卡尔走上大学丘到蕙兰医院轮班,山顶风大,示威者还没到,但是印第安吹笛人已经轻轻拿着乐器缩在医院玻璃门附近。有一个男人跟他们在一块,乔觉得认得他。她一直想努力忘掉曾认识这个人,见到他让她感到一阵越过时间、距离和心灵创伤传来的战栗。

他完全让她想起了以前的一位教士,这位教士自称送葬人,过去跟她同属一个教团——南美的献身会。她当时认识他短短一段时日,多年不见了,但不时听说他的街头演出。他靠街头表演安第斯音乐替他的运动筹款,与山地人一块唱歌的年轻女子,她的黑眸让她想起他。

几天后的一个周末夜晚,她独自一人在辅导中心阅读。中心大致位于人行道下方,但窗户三分之一以上可以看见路面、塞满结冻树叶的排水管以及行人的鞋子。多年前刚接任这份工作的时候,她觉得办公室是一个奇怪的地方:在一间低落的房间把沮丧、迷惘或想家的学生从痛苦中拉出来。有一段时间,辅导中心位于市中心一栋办公大楼的大厅,豪华时髦,具有六十年代的现代感,现在搬到这间临时的地窖。由于许多啼笑皆非的情况碰在一块,咨询辅导这类说法的地位已经在大学降级了。

有一阵子,校方只希望学生守规矩,不发表己见。那个时代结束后,十几种心理疗法引进,从格式塔心理学到转变呼吸法都有,但后来这些疗法引发信心危机,也和扩张的个人权利产生了冲突。另一方面,学校与学生之间的关系定义不再是代尽父母之责,这一点也与疗法抵触。接着,法律责任扩大,突然之间,似乎任何人对任何事都不用负责任,又其实每一个人却又对每一件事都有责任。总之，乔在辅导中心年资浅，在地底下的房间工作，但有一群跟她有共鸣的学生热心支持她，她的学生口耳相传她十分可靠。

她心神不宁在办公桌前坐了几分钟，临街大门的电铃响起。每个独行的女子天黑后在校园附近通常会很小心，公交车班次很多，学校也规划结伴安全路线。乔爬了半段的楼梯到地面层，隔着牢固的玻璃门看楼房的大门，见到他在外面的人行道上。一个五十多岁的瘦高男子，站在光线充足的门口，一张脸瘢疤累累，头戴黑色无边软帽。他再次伸手按铃时，把帽子塞进大衣口袋。这栋楼其他办公室都已经关了，冬日的日暮笼罩着街道，他隔着玻璃门看见她时，眼神亮了起来。她让他进来，在办公室给他一张椅子。

"我前几天好像在医院看到你。"她告诉他。

"没错，我也看见你，约瑟芬。"

"对了，不要叫我约瑟芬，那会让我感觉好像嫁给了拿破仑。"

"叫你乔，对吧？"

"对。我们认识吗？"她心想，如果这是她记得的那个人，那会是多么奇怪的一件事。

他端详她的脸半天,从外套口袋拿出一张从《史氏人体畸形可辨典型》里印下来的照片,还有一份刊登茉德文章和照片的《公报》。

"我本来以为这里可能有牧师办公室,后来去纽曼中心查问,他们告诉我到这里来。"

"我现在是普通教徒,离开都快三十年了,我现在在辅导中心工作。"

"你辅导过茉德·史塔克吗?"

"我必须保密。"

男人耸了耸肩膀。

"她没有寻求辅导。"乔告诉他。

"她怀孕了吗?"

乔无意中白了他一眼。

"跟我无关吧?"

"我知道你希望跟你有关,幸好无关,你是知道的。"

眼前的男人与南美被称为送葬人的那个人不可思议地相像。送葬人以最偏激的手段支持穷人的选择,以最热切的干劲守卫暴力的手段。他要求认同,不仅如此,他还要求力量,道德和战略的力量。他运用暴力,成为革命中最为凶狠的教士。他让自己暴露在政府敢死队的威胁中。

跟送葬人一样,这个男人满脸愁容,身高将近一百九十厘米,肩膀宽阔,但身形纤瘦。他一定多次感染某种热带黄热病,所以皮肤变了颜色。他的眼睛很古怪:浮肿,闪着异常的斑驳光线,瞳孔巨大,眼皮像剥落的肮脏蕾丝。住在山区下方低地的白人,在送葬人的眼中就是那样的面容。他的眼睛一度令人着迷,具有令呼吸或言语停止的力量。乔难以相信她不曾见过他。但那是不可能的,她心想,大家都说送葬人已经死了。

男人的白发剪得很短,参差不齐,也许是垫着毛巾在浴室的洗脸槽上方剪的,但剪出来的效果很适合他。报道说他被几个国家的秘密警察殴打。不知以什么方式,送葬人在邻近一个共和国赢得信仰治疗师的美名,那个国家一直以来反对他极力推翻的政体,该国安全机关也不管他,他开始尝试带有几分奇迹色彩的疗法。有一回,乔在加拉加斯的安德列斯·贝略天主教大学的会议上遇见他,当时他已是个叫人胆寒的人。

运动失败后,他被逐出教会,但留在南美,成了知名的荒野密教人物。他医了瘸子,救了跛脚,让一只脚踏入棺木者恢复健康。他养了个貌美的情妇，无耻地看中当地大农场老板的女儿。他让残暴的农场老板以为他用当地的药剂和催眠咒语医好了梅毒。少女怀孕后，他施行堕胎习俗，以《创世记》《申命记》与让罪人永生服务撒旦的严峻长咒，策动恐怖的改革运动。他的声名传播到首府的通俗小报，牧羊人帐篷边、土匪窑洞里和河流上的独木舟，都有人朗读报纸的专题报道。他的眼睛很可怕，是忧患之子①的眼睛。

"你为什么来这间学校？"她问眼前的男人。

"来找茉德·史塔克，还有跟她的心灵导师说话，必须有人告诉她一件事，我们年少青春的所作所为，有时会给我们一辈子带来困扰，她可能因而付出代价。"

"这是威胁吗，神甫？"

他没有说话。

"大约半分钟后，"乔说，"我会打电话叫警卫，外头走廊有监控探头。"

"你本来至少可以提出异议，为了那孩子好，她在

---

① Man of Sorrows，出于圣经《以赛亚书》第五十三章第三节，意指耶稣。

你们校刊发表那种内容！如此傲慢无礼，乔，这么聪明，这么天真。"

"我觉得你语带威胁。"乔说。但是她没有动作，她突然想起猛蛇用眼神震慑它的猎物。

他对乔露出他那拥抱世人的笑容，当他带着人民军的口信到达时，那个笑容必然冻结了农民的心，无产阶级的宗教法庭审判官来向涉嫌的敌人展示手段。轻声细语，加上他文雅的发音及温和的牧师风度，他一定让指定的犯罪分子吓得全身瘫软，并也懊恨自责，痛悔前非——无论他们据信是犯了什么过错——准备好彻夜向愿意聆听的人招认。有时，还要花更久的时间，他们才被迫明白一己的过失。最后，人人都学乖了。

"你怕我吗，乔？"

"我不知道你为什么到这里来，我要你离开这间办公室。"

"我来见证命案与全能上帝的嘲弄，来提醒你所肩负的责任。"

"那么我提醒你，你擅自闯入这里，你在这个校园没有正当名目的事要办，我要通知校警，你可能会危害我们的学生和员工。"

"我没有危害任何人。"

"危害我们的学生和员工,"乔重复一次,"我想我没听清楚你叫什么名字,你是神甫吧?"她隔着桌子看着他,笔停在一张便笺上。

"叫我送葬人就行了。"

她拨电话给校园警卫的时候,他迅速离去。警卫队队长是个中年人,名叫菲利浦·波赫默斯,当过国家公园警察。五分钟后,他在一名年轻女警的陪伴下抵达。有十年左右,校警刻意穿着舒适的学院风格短上衣,后来则穿回军装风格制服。

"我们会密切注意他,卡尔博士,"波赫默斯告诉她,"也会请本市的警员留意他,没作神职人员打扮,对吧?"

"没作神职人员打扮,他衣服破烂,但是胡须刮得很干净。"

"再看见他,通知我们,我们会送他离开校园。如果他再来,就逮捕他。能跟我们描述他的长相吗?"

"我写在便条给你们,"乔告诉他,"他不肯告诉我名字。"

给波赫默斯的便条上,她也注明他自称是送葬人,并想起这几个字给她带来忧虑。

十五

"老天!"雪儿贝一面替茉德打开宿舍房间门,一面说,"不敢相信你回来了,怎么回到这里的?你没事吧?"

"从车站走回来。"

小贝退后一步,看着茉德拖着旅行袋走进来,突然瘫坐在她们脱皮的皮沙发上。

"我不得不告诉你,宝贝,你看起来好憔悴,我是说你看起来很累。"她又说。

"我是很累。"

"事情闹大了,我们好像收到死亡威胁了,"小贝说,"就像有些人收到一般的死亡威胁,世界就是这样,但话说回来——死亡威胁,是死亡威胁耶。"

"我相信你,小贝,我才不怕。"

"你猜怎么?辅导中心的卡尔小姐叫我在你回来后打电话给她,如果你有回来。应该说当你回来的时候。"

"叫她去死。"

小贝抱着臂膀看着茉德刚才穿过的门。

"我去打电话给她,我带你去找她。"

"去他妈的,"茉德大声说,"靠,她只是想为了那件事发牢骚。"

"不,不,我们需要帮忙,我们需要有人帮忙我们,她清楚状况,会判断你该留下来还是离开,我们该怎么做。"

"不去!"

"你想跟谁谈,宝贝?跟条子?跟院长?还是跟谁?她是个聪明务实的人,听见没?你自己也想打电话找她!"

晚间六点后,乔在接到小贝的来电后返回办公室。她在办公桌上摆开茉德挑出来与文章一并刊登的照片,也就是《公报》出于谨慎而婉拒刊登的照片。茉德挑选的照片既残忍又愚蠢，很难理解她怎么会做出这样的事。这个女孩的母亲在她离家读大学前就过世，父亲在9·11事件发生时被叫去现场支援。茉德原本想让敌人难堪，她拿出的照片令人触目惊心——早夭的小东西有石像般的怪脸，图说包含了衍生自希腊文的医学名词，听起来像出自科幻小说。受孕时被坏仙女下了诅咒的生命，欢迎来到世界呼吸。唯一值得安慰的是，最严重的患者一出生就死了。很多年前，乔在一间修女教书的学校听到一个关于畸形儿的故事，畸形生命是否具有人性成了议论重点，争议之处在于这些具有人形的生命是否具有灵魂？据说，教会派出一群修女对他们施行难以想象的照护措施，以免他们万一果真具有灵魂。把愚昧的说教喧哗耗费在神义论败俗而丑陋的这一部分，乔认为这个行为很蠢。

但其实乔支持茉德用如同狂热者使用图像的方式来揭穿他们，以他们喜欢炫耀的那类照片直接回敬他们，这实在是很有气魄的行为。不抵抗愚弄是错误的，这些天之骄子要花很长的时间才会明白，不是每个人都存在他们所存在的空间。听见雪儿贝和茉德来到临街大门的声音，乔把照片迅速收进抽屉。

茉德穿着一件塑料防寒夹克抵挡时落时停的雨。茉德拨开帽兜,乔注意到她的头发难得没洗,眼睛浮肿,整个人都没好好打理,呼吸夹有酒气。

"要我等吗?"雪儿贝问她们。

乔想了片刻,然后叫小贝回家去。"你是个好孩子,马戈芬小姐,是个好朋友,回家去睡觉吧。"

"你可以说是给我们引来一场完美风暴。"雪儿贝走了之后,乔这样对茉德说,"你躲到哪里去了?"

"我没要求见你,是小贝说你希望我过来。"

茉德坐到乔的办公桌前方的扶手椅上,抽了一张桌上永远都有的面纸擦拭脸庞。

"可以不要盯着我吗?"她说。

"对不起,我肯定你喝了很多的酒,可以为了我去山上看医生吗?"

"我很好。"

"不管怎样去吧,我开车载你上去。"

茉德耸了耸肩膀。

乔和一个叫杰夫·马高列斯的住院医师是朋友,她猜想杰夫那晚值班,拨了电话过去,他确实正在值班。

"杰夫,你很忙吗?是我,乔。我想带一个人过去找你，希望你可以替她检查身体，稍后再填表格什么的。就我看来，她没有受伤，但是她这阵子喝酒——应该喝了很多，她在这里很有名。"

马高列斯问乔是不是小甜甜布兰妮，还是林赛·罗韩。

他假装以为这两个都是学校的学生。"我搞不清楚她们。"他说。

"我想在这里休息一下。"茉德对乔说。

"答应我你会跟我过去？"

茉德点点头。

"你爸爸知道你在哪里吗？"

又是耸肩。

"我能打电话给他吗？"

"当然可以。"茉德说。她让乔大费周章查询电话号码。接电话的男人听起来生病了，比乔猜测的还老。乔通知他女儿在哪里，女儿看起来没事。

男人谢谢乔打电话去，没有说其他的话，也察觉不出什么情绪。茉德和她的父亲都不想跟对方通电话。

她们沿着马路走到乔停放她那辆金牛座的地方，茉德似乎很冷静。乔带了面纸，整盒放在她们之间的椅座上。

车开动后,茉德问:"你为什么想见我?小贝说你想见我。"

"我们认识几年了,我想我们应该有些话可以聊。"

"像是什么?"

"像是你好吗?像是你怎么了?"

"免费的吗?你做这件事,我得付钱吗?"

"我想已经包含在学费里了,茉德。"

"你想谈我写的东西?"

乔发出轻笑。"内容一针见血。"

"我希望一针见血。"

"那让许多人非常生气,这是不用说的。"

"他们不知道自己在气什么,他们是傀儡。"

"他们气自己的信仰让人嘲笑。"

茉德转头面向她。

"世界上的很多问题根源是这个世界人太多了。"

"但是茉德,世界*就是*人。"

"我以为主要是水构成的。"

"你是个聪明人,"乔过了一会儿说,"你很气自己,对吧?"

茉德什么也没说。

"在你这个年纪,我也对现状愤愤不满。"

"是吗?"茉德说,"哦,真的吗?很有趣。"

"你如果想说服别人——我想那是你希望的目的——就别骂他们是傻瓜。"

"那么他们有什么资格这样危言耸听,吓唬大家?他们只是找人来欺负。"

"我对你的意见没有不满,"乔告诉她,"大致上我是赞同的,你本来以为我要责备你的看法?"

"你现在不就在做这件事?否则我们现在干吗谈话呢?"

"有两个理由,茉德,我想确定你是否平安无事,这是第一个理由。"

"我很好。"

"是吗?我可不这么认为。"

"那么就别管闲事。"

"听好,"乔说,"以为自己拥有一切答案的人,永远自认有权利伤害不相信他们的人,世事就是如此,茉德,这就是人类的天性。"

"你为什么要告诉我?"

"因为你不必刻薄成这样,你有责任,因为你比大多数人聪明,你读一流学府,稍微学一学慈悲吧。"

"他们一点也不慈悲。"茉德说。

"我可以问你一件事吗,茉德?你动过那种手术吗?"

"我从来没有必要动手术,我没想过这一点。你是要告诉我,我应该闭嘴,让宗教狂热分子和无情的政治人物夺走我们的权利?"

"我没那样说。"乔说。不过,她冒出一个念头,自己可能正在表达那个意思。

乔说:"我记得多数妇女仍无法选择那件事的年代,我妈的那一辈。"她转头注视茉德疲惫的脸孔。"听我说,你做的每一件事都要付出代价,政治人物不在乎,媒体也不在乎,让民众一直糊涂生气就是他们赚钱谋生的方法,你不能在不知道自己会面临什么的情况下就一股脑撞上去。"

"这个我知道。"茉德说。

"你躲藏期间,有很多人威胁到你的生命安全,你有危险——我的意思是,有怪人在跟随你,"乔说,"我不是要吓你,只是你要当心,也许不知道吧也许你可以离开一个学期,躲起来保持低调。"

"去他的。"

"不管你想怎么做,茉德,千万要当心。"

抵达医院的车道时,挂诊柜台旁站着一个推着轮椅的老先生。

"我等你。"乔告诉茉德,便在急诊部的等候区找了张长椅坐下。人不多,附近坐着一名学生,腿上绑着帆布支具,显然是她痛苦的来源,看样子是滑雪受了伤。

茉德离开她的身边不到二十分钟,乔就看见杰夫·马高列斯朝她走来,他是一个蓄着山羊胡的瘦脸年轻人。

"乔,你的林赛·罗韩越狱了,她走了。"

乔在长椅上停留了一下,思索下一步,怀疑自己是否还有下一步。最后她判断自己那一晚除了开车回家,没有其他的事可做。她把车停在停车场,回到公寓,雪正好开始落下。她稍稍鼓捣一下就上床睡觉了。

十六

"哟,"艾丽说,"这学生是个小天才吧?"

布鲁克曼看见她找到《公报》读了茉德的文章。他并没有藏起来不让她看到,也没有想引起她的注意,但是为了不想让索菲娅拿到,故意留在楼下某个抽屉里。他猜校园里会有人设法故意在艾丽的面前提起那篇文章。

"对每件事都能感到愤慨。"

"是吗?"艾丽走到窗前望着街道,暮色逐渐落下,屋外的人开始朝冰球场走去,学校即将与康涅狄格大学开打,这是这个赛季的第一场球赛,主场队获胜机会不大。"我觉得做得太过火了。"

"是太过分了,但她有权利。"

"噢,当然,她有很多权利,对每件事都有权利。"艾丽放下百叶窗,遮住下方不远处的街上行人,也遮住他们所站着的房间越来越清楚的倒影。"你为什么让她发表?我记得她是你指导的学生。"

"没错,是我指导的学生,我没读。"

"你没读?当然,这不关我的事。"

这句话让他不寒而栗,但他没有回应。以知识分子的观点,就算是从情绪上的观点,他是有兴趣知道她的评论。

"漂亮的小姑娘,"他的妻子看着《公报》的头版说,"实在漂亮,野性美,有几分不羁的血气活力,啊,青春,嗯?"

她迅速把校刊卷起来,不提她觉得他与此事恐怕有关联就上楼去了。布鲁克曼跟上去,听到浴室门砰一声关上,便停下脚步。索菲娅在她的房间读睡前读物《神啊!你在吗?》。他开始喝酒,读一本谈论西班牙哈布斯堡王朝衰亡的书,读了几章,接着重读几则昨日《时报》体育版的报道。一则报道新英格兰爱国者队和丹佛野马队的比赛，丹佛输了。一位爱国者队球迷的同事去冬季露营不在，手机收不到信号，不然就从布鲁克曼手中赢了五十美元。

烈酒没有带来平静，只带来更多焦虑和困惑，他最后打开电视，看了半天的《红河》。他知道自己已经看过好多次，从来没有搞清楚约翰·韦恩在最后一次冲突中是否射死约翰·爱尔兰。尽管乔安妮·德鲁在蒙哥马利·克利夫特旁表现急躁，他也从来不信女主角被拔出肩上印第安科曼奇箭时的冷静反应。

他听见屋外人行道上冰球球迷微醺的声响，踏步、嘟哝和笑声之中传来一个他认得的呼喊声。

"喂，史蒂夫！喂，布鲁克曼教授！"

他往外看，伸展到路边的栗树枝干上堆着一层层的雪，自几公里外河流来的风将厚厚的雪花吹得飞舞打旋。茉德立在树下，穿着一件滑落到肩膀的浅色塑料防寒夹克，发上有刚落下的雪，就像几星期前他见到的样子。她的眼眸映照着他屋子所发出的光。

从这个街区较远的路口往下走四百米就是冰球场，这时球场的门打开了，观众涌现，大多数人出来就向左转，朝总校区走去。另外有二三十个人把布鲁克曼居住的这条街当作捷径,三三两两走过来。茉德紧抓着天蓝色塑料布裹住身体,对他拼命叫喊,朝着他的屋子站立,脸迎着大风雪。

"嘿,教授!嘿,布鲁克曼!史蒂夫!"

艾丽下楼来。

"你做了什么?"艾丽问他,"给她打低分吗?她是谁?"

"一个喝酒的学生,功课好,很让人头痛。"

"嘿,布鲁克曼!"茉德从街上叫喊,"你在跟谁说话?是布鲁克曼太太吗?哈啰,布鲁克曼太太。"他们听见可能是雪球或冰块打到门上的声音。"嗨,艾尔莎!恭喜啰!"

艾丽转向丈夫。

"我知道她是谁了。"她低声说。布鲁克曼说:"她会吵醒索菲娅。"接着茫然地又说:"要我叫警察吗?"话才出口,他就知道自己问了她一个差劲愚蠢的问题。

"警察,"她用单调的声音重复他的话,"我看不要。"

"哈啰,两位,"茉德大声说,"愿上帝祝福你们家庭幸福美满。"

他打开前门走到外面,让门微微敞着。"茉德!你在做什么?"

在车道上,她整条手臂靠着树干,头转过来面向他。

"我在做什么?我在做什么?你这个王八蛋。"

"你需要清醒清醒,小朋友。"

"噢,史蒂夫,我很清醒,我不需要任何东西,我跟你过去见到我时一样清醒,你这龌龊的王八蛋,你!布鲁克曼!"

车辆在拥挤的街道上灵巧穿梭,司机按着喇叭,而慢慢放弃先行权的冰球赛观众则讥笑司机,用力敲打车辆。在有球赛的晚间,这条路通常是封闭的。当球迷走到茉德和布鲁克曼附近,有几个人停下来看着他们两个,减缓后面人潮的行进速度。

有人喊茉德的名字,两个经过的少年想抓住她的手臂,作势要带她走,大笑说:"嘿,跟我们走吧!"

她猛烈挣脱开手。

"我太吵了吗,史蒂夫宝贝?"

布鲁克曼掌心向上朝她伸出双手。他觉得身后自家的大门拉开,闻到屋内传来一阵微微的且令人舒服的味道。他转身看见艾丽站在门口。

茉德瞥见了艾丽,拉开嗓门大喊:"我们打扰到你里头可爱小母鸭平静的窝吗?嘿,两位!愿上帝祝福你们家庭幸福美满,你们这些王八蛋。喂,布鲁克曼太太,布鲁克曼大姐,里头每个人都有了吗?你肚子看得出来了吗?我要看。"

一辆路过的车慢下车速,踩下刹车的轮胎无声辗过滑溜的柏油路面。布鲁克曼从茉德的肩膀上方看出去,发现车子停下来,是一辆与他的车同样老旧的车。防滑控制系统启动,汽车继续加速驶离。此时路上的人更多了,附近多了几盏灯,两人激烈争执吸引了过路人。

"留在屋内。"布鲁克曼对妻子说。他大胆地又再看了一眼,妻子还在门口。

茉德开始行动,朝他的家门冲去,布鲁克曼移动位置拦阻她,感觉周围的人多了,车辆也多了。他奋力移动,放低肩膀隔开屋子和茉德。就在那时,茉德开始用力挥拳,第一拳是一记有力的钩拳,打得他的头往一边旋转。接着她用手肘拐他,打中他的臼齿,制止住他。布鲁克曼一面设法挺住,一面看着她埋头向前冲,险些成功地以头顶撞他。她挥出上钩拳,但是没有打中。

围观的人越来越多。茉德想通过他身边,假装抬起一条腿,其实用另一条腿移动。他继续伸出手,努力挡在她和他家前门中间。茉德让塑料衣服落下,缠在前臂,将衣服当鞭子使。他慢慢退后,茉德朝他冲去,用手上的滑雪衣挥打他。他心想,现在她的拳乱了,伤不了人,没料到竟有一拳就打在他的下巴侧边。他在滑溜的人行道上失去平衡,但是依然站住。

"茉德!拜托,不要这样,茉德!"他想用呼喊压下她激烈的攻击。

接着,她抬头号啕大哭,不停地摇头,看起来极为可怜难过。出于已逝的爱情或同情,布鲁克曼往外走,用双手抓住她。在外围的群众向后退开,没有人朝他们移动。乍然之间,他和茉德宛如独自在街道上,而一声洪亮的惊呼自人群中升起,越来越响。

"茉德。"他嗓子哑了,无法提高音量压过四周人群的叫喊。他抓着茉德,茉德抵抗他,雨雪在路面结成泛白的硬层,他们两人在路上滑动,当群众的喧嚷越来越吵闹,他感觉到她准备好要奔跑。他一度牢牢抓紧她,但片刻之后她挣脱开来,好像要跑掉一样,他再次抓住她。

惊呼的人群高喊:"小心!小心!"他听见艾丽也在大叫,转头一看,见妻子朝自己走来,同样尖声喊着:"小心!"

接着,茉德挣脱了束缚,向后一转。就在她转身之际,一辆驶来的车——像黑色飞机,从真空冒出——让她从车头甩了出去。他日后会留着这个他始终相信必是错误的记忆:茉德好像是穿着靴子的伊卡洛斯①,从照亮的天空跌下来,天空莫名飘着雪,她的嘴张成一个可爱的O形,话语已经要成形了,她的长腿衬着电灯的光,从蓝色方形塑料布——仿佛随旋风扬升的风筝——伸出,一只靴子飞了好像一个街区的距离。她消失了一会儿。突然一阵静寂,乱哄哄的人群片刻无声。接着,女生放声尖叫,男生放声尖叫,那是你从来不曾在棒球场或足球场听过的奇怪声音。

他的脸偏斜,所以他注意到——差不多见到——一辆模糊的深色汽车蛇行,一下开上人行道,一下开下人行道,车速如雪地上的冬夜之光。开得好快,大家都

---

① Icarus,希腊神话人物,雅典著名工匠代达罗斯(Daedalus)之子,父子二人为逃出自己设计的巧妙迷宫,以蜡和羽毛制作出翅膀飞出迷宫。伊卡洛斯飞得太高,太阳融化了蜡,失去翅膀的伊卡洛斯因而坠落。

说，快得不可思议。有一样东西他确定他看见了：一个非常胖的年轻女子，穿着滑雪外套，移动了一下——也许想要拦下车子——接着像卡通人物似的，动作做到一半停下来，变成仓促飞身闪避汽车的行径路线，躲开刹那之前车子的路线。

茉德半个人落在两块褐石阶梯上，半个人落在往下走第三户人家的栅栏杆尖上。声响像碎裂的声音，带有宛如黄铜共鸣的音质，咚的一声，还有奇怪的当啷声，爆裂声。黄铜敲在骨头与鲜血上，街上响起惊呼的回音。他手上有一个连指手套，而他脑里的念头居然是：连指手套，一点也不像茉德会用的东西。

有人狠狠打了他一下，艾丽自他的身旁跑过，奔向血淋淋的人形。躺在人行道上，紧裹于血迹斑斑的蓝色塑料布中，孩子般姿态的人形。

十七

孩童的声音攀升,穿过长期在雨林投下阴影的云层,乔想要制止,却似乎不可能办到。她忘了这地方所有的巫术。她想收集那银色的声音,就像张开手指聚拢河岸的小鱼,就像聚集心中的树灵与鸟灵。她努力到在睡梦中抽噎起来。当她升高到丛林褐云的上方,那闪烁的声音在头顶,她看见它们正将她拉到悬崖的下面。她永远能感到那阵战栗,像走在小径遭遇悬崖。

峡谷险峻,深不可测,像彩虹一样的瀑布与广大的绿荫抑制努力或恳求,将它们降为鸟啭禽鸣。峡谷从不屈服,有鹰的仁慈,粉碎撕裂你小小跳动的心脏。声音牵引她，当它们碰上岩石，也绝对不会中断，而是化作一团活泼的和声云，多么甜美，多么轻柔，但多么怪诞，多么陌生。接着这团声音拉她上去，不是轻柔地——而是激烈地，如同从陷阱——再次停止呼吸——上行到峡谷，经过最后的肥厚叶子，来到峡壁之上。面对它的恐惧！

在那里，对她来说，恐惧是黑色的岩浆草地，是世界边缘残酷的蓝天与稀薄的云朵。高升照亮底下峡谷银泉的盘状太阳，指挥过光辉灿烂的月，现在正慢慢消失。声音化形的巨物冲到头顶的黑暗及星辰的闪光里。

她以为它唤醒她，但它依然是过去，永远是过去。他在那里，一帮古铜色的孩子绕在他的身边，谨慎的宝石眼睛紧盯着他。他们对他歌唱，很快就走了。乔知道她在自己的房间，而他也在房间里。他在床沿坐下对她说话，他的话语混合了西班牙语、山区方言、性感的葡萄牙语和帕皮阿门托语[①]。

"你想要什么？"

[①] Papiamento，加勒比海广为使用的语言，从非洲方言与葡萄牙语衍生，受多种欧洲语言影响。

"哀悼。"

终于醒了,她心想。但她当看向房间的另一头,她认为她在黑暗中看得见他。他的脸庞憔悴,留着胡须,一如粗糙宗教艺术的惯例。他的眼睛似乎含泪,眼色黯然,但湿湿地反映出门边的壁灯。

"我是送葬人,我听见无声的尖叫。"

El Doliente(送葬人)。她第一次也是唯一一次接触他,在她刚到山区的时候,当时她依然狂热于革命,可她对情势的熟稔足以令她畏惧他。

"叫我瓦尔特神甫就好。"他经常这样说。在"真实革命运动"围攻的某一省,他担任献身会教会教区牧师,后来逐渐倒向了革命,不是出于恐惧,虽说会恐惧也是情有可原。有一段日子,在他不甚激进的阶段,有些英语系的媒体(通常是在北美)称他为"全民神甫"。瓦尔特神甫觉得那是友善的称谓。

她记得他一度着迷于献祭、荆棘上的血、布拉格圣婴的异能与圣婴本身。银河。没有人能更有效阐述真实革命的意识形态,无法领悟的人甚至畏惧他。"让怕我的人为自己担忧吧。"他说。全民神甫,现在是听到无声尖叫的送葬人。

她自己的颤抖让她醒来。她咒骂了一声,走去把浴室的灯打开,洗掉脸上的泪水。镜中的她有年轻的脸庞。从外头醒着的世界,她听见不远的警笛声,但此刻警笛对她来说简直是令人安心的声音。

十八

在一个温和的十二月天里,气候如此之舒适,艾迪·史塔克绕行公园时都仿佛闻得到公园里的新草和正在抽芽的树木。刚散步回来,就有一名纽约警长上门,史塔克看见前辈一时间觉得惶恐,等到警官摘下帽子,史塔克更是无法感到自在。

"史塔克先生?"

史塔克的女儿死了,夜间在就读的大学校区外不远处遭人开车撞死,肇事司机逃逸。史塔克听见自己出声请警官进屋,警长却拒绝了。夜间肇事逃逸,有人会提供消息和协助,警长给他一个装有建议与指示的文件夹,上头回形针别住一张警方牧师的名片。警长说了一些话,提到史塔克太太和祈祷,还有局里每个人都感同身受。

警长走后,史塔克朝一张扶手椅走去,血流在耳里发出隆隆巨响。他两腿虚软无力。他领悟到原来事态——包含他的人生与他所背负的身份——已经超越了荒诞的可能范围。

起初史塔克无法置信,接着虽然很清楚警长以温和专业的口吻告诉了他什么,他不断认为被宣告死亡的是他自己。他承受妻子的死,这样的受苦将他送往他的"次人生",在那里他跟她的距离与其他生人一样近。他经常想到死这件事。他享有当地的医保福利,但通常不去看医生,他的肺气肿,他长年酗酒对身体造成的伤害,他只当成还没缴的账单。时候可能来得稍微早了——他还没到七十岁——但在老家这种事发生在男人身上是值得尊敬的。现在,他努力告诉自己,他已经收到了通知,但茉德在他心中与死亡毫无关联,她的问题源自她坚持不懈追求生活,追求智慧、美丽、勤勉、勇气,为自己赢得更富裕的生活。过去几年他们经常吵架,有一次她大声呛他:"我必须有一个更像是生活的生活！我必须活在一个比你和妈的生活圈子更大的世界。"

史塔克百思不解这段话的意思。离家上大学，她已经踏入外面的大圈子。她搬去埃姆斯伯里后，他们很少说话，她回家时对他说话会摆架子，他叨叨絮絮那些自知讲到烂的叮咛。因此，就那一层意义来说，她早走了，不再属于他。从另一面来说，她是他活着的一部分，她几乎就是他的身心，失去她跟失去心脏一样，他不可能活下去。

震撼逐渐凝聚，他感觉手臂麻了，喊了声："我的手臂。"接着坐下来。虽然没了知觉，当他把前臂举在眼前时，却无法不去想象自己回到那些夜晚。当时妻子正在工作，茉德还是个婴儿，他让她靠在肩上，抱着来回走动，就在他现在几乎垂死坐着的房间。他心想，他不要让她做这种事，于是起身来逃避，在屋内来回蹒跚走动，对着幻影挥打，靠着肘拳从她的掌握中挣脱。没用——只是带回往事，带走他的呼吸，在地球上无处可逃。

警长来过之后，在悲伤的恐惧状态下，为了挽救自己的性命，为了羞辱自己，为了扰乱时间，为了撤销死亡，为了欺骗自己不值得激怒，他出门买了一瓶酒取代茉德偷走的那一瓶。他以为威士忌的作用比较慢，威士忌却让他在楼下浴室大吐特吐。接着他又喝一些，顺口多了。

在威士忌的刺激下，他冲上楼，到茉德的房门站了几分钟，终究走不进去，便回到自己的房间，从上锁的抽屉拿出格洛克手枪装上弹匣。笨死了，他心想，在家放了一把没装子弹的武器。不过他知道里面为什么没装子弹，照理要能随手取得，他也没有收在方便的地方。他把手枪拿下楼，忘记楼梯要慢慢走，喘着气又坐下来再倒酒。白忙一场，八年的戒酒，但那玩意哪有可能倒回瓶子。

他盯着，盯着酒标。尊美醇，天主教威士忌，布什米尔威士忌则是新教①。他突然感到隐隐约约的愤怒。愤怒比痛苦更好。是他们，天主教教徒。我们。不，他心想，是他们。他们——他们——在他一生中他们有很多面貌，律师、歹徒、法官、每个被叫黑鬼的人、老百

---

① 尊美醇酒厂位于天主教教徒居多的柯克（Cork），布什米尔则产自爱尔兰北部新教盛行的地区。

姓、一般大众,所有不是干这一行的人。他们现在几乎包括整个世界——写报纸新闻的人,阅读报纸新闻的人,写信给报社的人,报纸读者。还有电视以及电视催眠的见证者。他已经告诉过她要小心他们,提醒她文章会引来什么事,他早跟她说过他们会伤害她。结果她与他们在不同的防卫区,成了"反对他们"的人。他心想,还不是一样,去他妈疯了。他想过救她,但他也是他们其中一分子,因为他是酒鬼,是红鼻小丑,是傻瓜。

还有他自己的父母,还有父母的父母。他们。他滴酒不沾的酒保父亲立下神圣誓言,发誓效法麦特·塔波特①,母亲则拥有香喷喷的祈祷卡。他们。我们。太过漫长的牺牲,没错。我们他们很可能毁了茉德,正是她的生父生母的生父生母毁了她。自我毁灭,毁灭我们的家族,毁灭我鲁莽年轻的女儿和我。的确是太过漫长的牺牲。以鬼魂之名义,一如既往,燃烧整个家族。

他心想,天啊,她说得没错,那些娘炮一样的主

---

① Matt Talbot(1856—1925),爱尔兰人,自十二岁起酗酒,二十八岁发誓戒酒,此后四十多年未曾再沾一滴酒,备受天主教教徒尊崇。

教，那些涎皮赖脸的牧师。茉德是对的，她可能正好解开了我们身上的魔咒。他取出弹匣看一看，又咔嗒一声推回去。取出推回，取出推回……

翌日午后醒来，他感觉身体不适，无法呼吸，认为悲伤、愤怒、酒精和失眠恐怕马上就会解决掉他，很快。接着，在一阵真切的恐惧中，他想起即将面对的悲恸，他将必须忍受多年的悲恸，早晚要寄生在他的心上烧毁他的悲恸。他所有的爱化作瘢痕，是一时的狂热。忘却她的童年。

到楼下，他从冰箱拿出冰水喝，解了渴，也不知怎的稳定了心情。他还是带着他不该拥有的那把格洛克半自动手枪。他总是想在最坏的情况用武器自我了断。把枪转过来对自己，无非是可耻的恐慌，他想那种场面他见够了。他也突然想到，这样猝然激烈结束茉德的记忆是错的，她真挚可爱的陈迹还留不到一天的时间——女儿走了，父母亲走了。这是不对的。他没有宗教的顾忌。他又喝了水，接着再灌下一口威士忌。

不过，这事他有过经验，他知道什么事该办，其一是通知亲属。最适合负责此事的人，他想是他的姐姐嘉瑞，她做过这件事。嘉瑞在佛罗里达定居，靠着憎恨有钱的前夫来消磨时光。

"别在我面前哭。"他一开始就这么对她说。他需要一个坚强的人传达消息。

他也打电话给一位过去干法医的人,那人叫索金,是朋友的朋友。索金不肯给他巴比妥镇静剂,但打电话请药店给他思诺思安眠药。思诺思的药效足以让他隔日应付嘉瑞讨人厌的前夫来电。查理·金赛拉做过警察,为人短小精悍,叫人望而生畏。史塔克跟大家一样害怕查理,听到金赛拉答应当天稍晚会过来一趟,心中不是很开心。

查理一进门就喊着:"哦,哎呀,艾迪。"他抱住史塔克,给他送上一阵微微的古龙水香气。"我很伤心。"查理在一个演员剪头发的地方剪头发,人看起来就像个可能演爱尔兰条子的电视演员。其实,他也做过电影制片顾问,后来连最恣意妄为的野心大亨也怕了他,才不再提供警务方面的建议。史塔克看着前姐夫像王公贵族大模大样走进客厅,心想他搞不好还等着有人带他到位子上。

"坐,查理。"

金赛拉脱下大衣,史塔克觉得他脱衣的动作展示了苏格兰哈里斯手工大衣的每一英寸,他不晓得这样一件大衣要多少钱,一千美元?五千美元?不止?他身上的深色套装最令人叹服。

查理·金赛拉选了史塔克家最好的椅子,小心翼翼拿开摆在上头的前一周报纸,里面还有一期《公报》。他把华美的大衣搁在邻近的摇椅,将沙发留给史塔克,然后环顾客厅。

"没有芭芭拉的照片?"他摊开双手,露出浅浅的笑容,要求一个答案。

"没有照片。"

"要我,就摆,摆出故人的照片,我不怕活在过去。"

史塔克心想,千万不要对他露出丝毫的情绪,不露出防范的眼神,不舔嘴唇,不表现听见这人的薄唇喊出亡妻名字时感到的愤怒。这男的一个眼神就能让妻子倾倒,妻子在他的面前因为羞愧而脸红心软。在我连命都不在乎的时候,正处于悲痛欲绝之际,以一贯的恐惧镇住我。

史塔克认为他知道他的大衣和套装的布料是哪里来的,他相当肯定是从一间昂贵的裁缝店来的,那间店离原爆点不远,买的时间就在那个火苗照亮的夜晚。

"唉,该留一张茉茉的照片。"

"我看不用,查理,我应该不会挂起来。"

史塔克心想,这人真是古怪,真讨人厌!竟然称我死去的孩子"茉茉"。茉德很小的时候,查理见过她一次,多年后到了某个她几乎成年时的场合,两人才又见着。人家向他介绍已经是小大人的茉德,他牵起茉德的手,惊愕地注视她的眼睛,史塔克知道为什么,因为查理见到了少妇芭芭拉,勾引芭芭拉向来是他的乐趣,他甚至有一两次在他凶悍的伙伴面前表露出意图,令芭芭拉非常难堪。

所以,茉德见过他。见过之后她说:"哇,老天,我居然有这种姑丈!讲话好粗鄙,白痴一个!"

史塔克说:"史前时代的人才那样说话。"

史塔克与女儿哈哈大笑。不过,查理不是史前人类,也不是白痴,他这种人绝无仅有。

金赛拉的目光落在史塔克懒得收起来的威士忌酒瓶上。

"哎呀,不行,艾迪,这样不好。"

"去死,查理,你他妈去死,查理。"他冒着惹查理·金赛拉发飙的危险加了第二句。

"我想我明白你的感受,"查理说,"你说是驾车肇事逃逸?"

"人家是这样告诉我的。"

"会抓到的,案子会解决,会抓到的,他逃不掉,艾迪。"

史塔克没理会他的话,但是一个相去不远的想法没有放过他。

"芭芭拉走的时候,嘉瑞帮了我很多的忙。"

"她办事你绝对可以放心。"查理草草地说。

他们默默坐了半晌。

"听着,艾迪,"查理·金赛拉说,"在救援行动中,不可能会有谁误解了什么吧?什么事被人知道,有人觉得他妈的眼花看错了吧?"

"你是说听到什么伤害茉德的事?"史塔克盯着他,他一开始没有听懂金赛拉在问他什么。

"你没听说她写的东西?"

"噢,我当然知道,"查理说,"我只是想要排除……你是知道的。"

"你知道我不碰那肮脏东西,查理,你明知道!"

就这样，金赛拉的邪恶和史塔克自身的懦弱，让黑暗的阴影在他伤痛上方闪现，这家伙暗示茉德遭人害死，因为有人要报复与她毫无关联的一项罪责，或者非常轻微的关联，微乎其微的关联。

"好像我他妈的说过这种事，你太荒谬了。"查理不觉得自己荒谬，从不觉得。

很多人明白，在双子大楼触目惊心的死墟寻获的私人财产——微量的现金、信用卡、财务文件、钥匙和密码、大大小小的物品——多过最后能够井然有序归还，转让或对每一位幸存者（若有幸存者的话）公告的。许多人知道，九月十一日当天一早，一队灭绝人性、目无法纪的军人，随警察一起到现场支援，要求，强索分一份在那人间炼狱搜集到的东西。这种事时时刻刻都在发生，这就是世界，这不过是人性。

古老的犯罪预谋随着从天而降的火兴起，可说是存在于河桩、井道、结满盐粒的淹水小巷与用砖堵上的隧道，也存在于狡猾罪犯的贼窝及荒废的制绳厂。从第一批挑着铺盖卷和工具的白人出现，在这批白人出现之前，其精神就已经存在。消息传出去，参加争夺的恶棍说：是我们的。从没有人暗示这种事普遍，寻常，甚至司空见惯，它令人鄙视，违反常规。尽管如此，它依然发生。

堕落的街区充满贪婪与猜疑。"咱们说全部，全部的数字，咱们说你拿到的全部！"所有的普通公民会比他们高尚个一倍两倍吗？不可能！于是错误犯下，查理·金赛拉与伙伴拿走"面包皮"，除了"面包皮"，也许连"面包屑"也拿了。没别的了。

艾迪·史塔克那天在场，肺气肿是他分到的东西。在他被分派的位置，他对正发生的事所知甚少。他无法把手插入熔化的大梁，或伸手触摸某个和自己妻女一样的可怜女人的内脏，同样无法拾起某个可怜亡魂的身后物。在闪光中，在一次次的瞬息间，在眼角的余光下，在警察的心志崩溃的边缘，他不可能半点儿也不知道。当时还是他姐夫的查理·金赛拉自然在场，那天史塔克根本没有看到他，但查理在那里。

数日后，四处依旧烟雾弥漫，那烟雾宛如唯一的光源，史塔克开始明白他永远不会像从前一样呼吸。茉德在优雅的天主教寄宿学校很安全，学校早没了修女，但从常春藤大学研究所毕业的年轻老师领着低薪，努力在纽约市民罹难的悲剧和第三世界可以理解的愤懑之间寻求平衡。芭芭拉走了超过一年,可他依然对她说话,依然感觉她听得见。接着来了一个过去移民时代某党派称作"矮仔"的人——没错,就是一个矮小的家伙,长着一张匹诺曹似的小脸,看起来像UPS快递人员,但不是。他穿着快递制服,但你看他的嘴脸——史塔克仔细看了——看到的不是一般的快递。他坐厢型小货车来,有两个男的跟着他,也不是快递。矮子捧个大箱子。

这个家伙说:"我从查理·K那里来的。"

史塔克听了一头雾水,心想:哪里?一家中餐馆吗?但还好没说出来,什么话也没说。门口的男人很不耐烦,把箱子塞给他。中等重量,史塔克努力抱好。

"查理。"男子放低声音说。

"查理·金赛拉。"他加重茉德称之为爆破音的K,几乎以她称之为齿擦音的S结束。"保管好,一天,或许两天,待在这里,守着东西。"

那家伙走了以后,史塔克吓得把自己灌醉,还对死去的芭芭拉开了一个黑色笑话。

"我可以打开吗?"

只有天晓得箱子里有什么,他待在屋内守着,约好的看诊没去,直到同一个男子回来拿走。他知道里面是什么，他也不知道里面是什么。

翌年，茉德申请上每一所他听过的大学。她拿到全国资优生奖学金和多到吓死人的助学金——优雅的天主教学校里的辅导老师协助安排这一切。最后，她选了埃姆斯伯里的大学，它的文科在全美排行数一数二。

呼，获得这么多的援助，史塔克大大松了一口气，因为学费贵得很离谱。还有，漂亮的茉德想买衣服，不久，在大一这一年——茉德想要大学女生有的其他东西，旅游经费等等。

某一天，查理·金赛拉自己来了。"嘿，艾迪，我只是要你知道，咱们明白你有开销，咱们好好想过，这人帮过咱们，咱们应该帮帮他。因为我知道你这个人啊——你知道的，你他妈讲的话有一半我听不懂，芭芭拉也是一样，愿她的灵魂安息——芭芭拉有教养，小的更要接受好的教育，对吧？所以咱们想要帮忙。"

"我……我没问题，查理，我是说真的，兄弟，我没问题，我们没问题。"

金赛拉没有要离去的样子，他穿着新衣服，看起来很有自信。他非常固执武断。

"咱们想给你某样东西，希望你收下。"

"真的,查理,我什么都不缺。"

查理·K做出痛苦的表情,像是非常为难的样子。

"嗯,"他说,"我不跟一起做事的人说谎,这一点大家都知道,他们知道的,绝对不说谎。"

"对。"史塔克说。

"哎哟,"他用嬉闹的口吻说,"那么只好跟他们说咱们已经拿给你救急了,你懂我的意思吧?"

也就是说,史塔克心想,这件事避不了的。

史塔克被迫摇头表示"不"。金赛拉让他明白要给的"某样东西"是现金,金赛拉说:"没人的。"史塔克推断他指的是没有记号的。金赛拉那次登门不可能有人看到,但史塔克松了一口气,后来这样的包裹和一提到就觉得讨厌的查理不再出现——直到现在茉德死了。

后来的情况是这样的:茉德的大学生涯花费确实超过预期,查理·金赛拉有个儿子叫麦克,是他与史塔克的姐姐嘉瑞生的,那是他的第一段婚姻。麦可在佛罗里达州当律师,有朝一日或许会成为该州保守势力的年轻拥护者。这位律师管理一笔基金,只要茉德·史塔克在受教育期间与初入社会的几年间有任何开支,都可以从这笔基金拨款。诸如账单一类的东西送过去,麦克·金赛拉就会用支票支付,以免茉德无法充分享受世界知名学府之良好教育所授予的机会。

而现在查理在这里暗示某个狗杂种认为这样是不对的。"查理,我会知道什么吗?"史塔克问,"我会说出去什么吗?拜托好不好,我能说什么!"

他看出查理信了他的声明,也察觉查理略微撇了撇嘴。

"那是当然的,艾迪。"金赛拉一面对他说,一面往他胳膊打了一拳。"你是正直的兄弟。"

十九

萨蒙小队长在医院病理师的工作台初次见到她。台上美丽的年轻女子受到糟蹋,他无法写下,也永远不敢梦想表达出他所受到的触动。周围弥漫验尸室常有的气味,受辱的人性与消毒液混合在一起,不知怎的传达了批判。她躺的台子是不锈钢做成的,这算是不幸的失宠,自然是运气不好,但你可以看见并闻到惩罚与罪状,令你怀疑他们说的可能是真的,在某个时间点,也许久远以前,某人一定是做了什么事,才会让像发生在猫狗身上一样的悲剧发生在人的身上。

自命不凡的人总爱指出一点:凶杀案起码要两个人

才成立。一个名人则说过,"个性即命运"。自命不凡者的说法如下:一个人犯了错——他们老爱这样说——那么某个人必须付出代价。他们才不鸟什么公平正义,只在意重新建立他们对自然秩序的解释。受害人永远处于不利地位,死了,且经常不堪入目。

这年轻人一半身体躺在马路上,一半躺在人行道上,上半身的天蓝色塑料衣裹到脖子,头以不可能的角度转弯,双腿在下方缠扭,一只脚底是靴子,另一只穿着长袜。她在人行道上的姿态完全与生命抵触,她看似已然沉沉死去。

如今,裸身躺在萨蒙身旁的台上,死得更沉。箍架撑着她的脖子,让她的头往上朝向灯光,无疑像是权宜的手段,让残余的她被搁到一旁,继续向有呼吸的世界提出质问。

验尸的病理学家是个矮小利落的男人,叫帕特尔医生。她的身份证件——以前的条子称这是辅助卡——说明遇害者叫茉德·玛莉·史塔克,纽约人,大学生,住校。根据帕特尔医生的初步记录,她身高一百八十三厘米,体重五十四公斤,营养良好,体格健壮。医院的遗体照片里茉德脸上看得出淡淡的雀斑。救护员已经清除嘴里少许的酒精呕吐物,血液酒精浓度是零点二零,荧光检测没有在她的身体和衣服上发现精液。

茉德的私人物品收在塑胶证物袋内,但证明不了什么事。她有信用卡、驾照和一张纽约地铁票,钞票加零钱总共四十六美元。很奇怪,没有手机。牛仔裤口袋内有一张磨损的生日卡片,上头没有署名,只有一行字,鉴定结果确认是茉德的笔迹:"亲爱的心肝,合你的意吗?"

"她的脖子断了,"帕特尔说,"头骨破裂,左侧肋骨也断得差不多,脊椎也是。有内伤,不能捐赠器官。"

"撞得稀巴烂了。"萨蒙说。

"所以这个开车的有开多快?"

"你想呢?"

帕特尔耸了耸肩膀,微微一笑。"没人看见这辆车?"

"目击者都描述不出特征,只说是大车子,开得很快。"

"嗯,"帕特尔说,"根据本州的法律,随便开车撞死人的会被关,有时可以上诉,要求比对车辆和没有血或没有组织的伤处,不见得有用。"

"叫州警找找看有没有像是受人攻击造成的伤口或淤青，"萨蒙说，"车子撞上去之前，她正在跟人吵架。"

"我倒不知道这一点，她整个人在马路上撞了好几下，撞到台阶、围墙大门等等，州警会检查的。"

萨蒙不能确定是否曾经在校园见过茉德·史塔克，他不常去大学走动，但知道他多年老友艾迪·史塔克有个女儿在那里读书。萨蒙在新英格兰认识很多人，谁有小孩在这所大学读书并不稀奇。不过，就史塔克的案子来说，她的死亡涉及萨蒙初入警界后在纽约市担任巡警的一段友谊。后来萨蒙的父亲退休了，埃姆斯伯里警局竭力游说萨蒙来这里接任主管，市长大人甚至亲自致上某种请柬，萨蒙认为这么做是妥当的——这个动作牵涉庞大的经济、道德和家族的纠葛——因此接受了此职。

他这么做是为了老父老母，也是为了妻子，他的妻子在埃姆斯伯里长大，在埃姆斯伯里有亲友，而且不喜欢纽约。搬家后不久，萨蒙的母亲就过世了，父亲苟延残喘了很久。他的父亲好事多话，长期抱病，专门结交权贵，到处都有朋友，他妈的跟谁都是朋友，搞到萨蒙后来开始痛恨他。而萨蒙的妻子呢，因为不想在纽约提心吊胆抚养孩子，一定要搬回来，结果最后还是走了——跟他离婚，也让他每个亲生孩子与他翻脸。连他贪污的父亲也大感震惊。

"她不是道地的意大利人，"老头经常安慰他，"她是阿尔巴内塞家的人，吉卜赛女巫，他们的老家在普利亚，他们甚至不信奉天主教。"因此，他制作有效的护符对抗有邪恶魔力的毒眼。

萨蒙便这么留下来住在大学城的"小意大利区"，那里还住着几个意大利裔美国人，还有许多来自墨西哥杜兰戈州的人住在那里干活。于是萨蒙继续过着荒淫烦乱的小城中年警官生活，至今依然未恢复正常。如今，站在曾经共事之友人的孩子尸体旁，他感到迷惘却莫名熟悉。

返回警局途中，他顺道去了事故现场。茉德·史塔克身亡那夜去拜访了她的教授，案发现场碰巧就在教授家门口的幸福街。赶到现场的警员在报告上说，她当时正要离开屋子，但其实她人去了那里，可是教授和他的妻子不让她入门。根据教授的说辞，女孩喝醉了——医院毒理师证实他的说法——所以教授没让她进去。

萨蒙发现教授陈述能提供的帮助非常有限。教授表示，她去他家，因为她是他的学生——他的指导学生。

但他没有解释她为何深夜十一点钟醉醺醺去那里,也没有说明那一夜不让她进屋的理由。她到访后,据说他们在街上有非友善的肢体接触,教授也没说明确实原因。还有其他不详的细节。

她大吵大闹,教授出来安抚她,劝她离开。整场喧闹发生在看完冰球球赛,离开柯利尔冰球馆的群众面前,撞上茉德的车子从人群中驶来,撞伤两三个学生,把茉德撞死在马路上,几乎是当场死亡。萨蒙拿到其他警员对教授和他妻子所作的讯问,以及目击者和最早赶到现场的警员的陈述,当天花了一些时间阅读。几个学生——三个特别坚持己见的学生——声称看见布鲁克曼教授故意将茉德·史塔克推向来车行驶的路径,市警做了笔录,也拿到几段可能用来支持那项控诉的手机录像。不过群众对这一点有不同意见,大部分目击者断言他们看见的画面是布鲁克曼想拉走茉德·史塔克闪避车子,很多视频同样能拿来解释证明这一点。萨蒙决定再看一看笔录和视频,心想可能也要再请某几个目击者来一趟。

经过几户人家后,他在路边撞见校警队队长菲利浦·波赫默斯,此人从美国国家公园警队退休,很受尊敬。波赫默斯看起来依旧活力充沛、喜爱户外运动——略长的灰金色头发，满脸浓密的胡子，校方应该认为这脸胡须会让他与青春的精英意气相投，但他的胡须依稀招惹到专业警员。波赫默斯拿着相机站在马路上。

"菲利浦，你在拍什么？"萨蒙问。

萨蒙转头，看见路边有少许的溅血、靴子印痕与各式各样的轮胎痕。与案情可能有关的线索在人行道上，但雪融化了，痕迹已经变得不清楚。即使有谁已经测量脚印或拍下照片，他也没有听说。肮脏的稀泥雪水中有医务人员扔下的塑胶器械包装，电视台工作人员留下某种抛弃式设备架在某一户的栏杆上。

"天知道是什么情况，对吧？"波赫默斯说，"校长非常火大，有冰球球赛，这条街应该封闭的，有人搬走路障，'禁止驶入'的牌子不见了。"

"这事有点麻烦。"萨蒙说。

"他很快就会想找你谈一谈。"

"我？我什么时候开始管交通了？"

"你不知道死掉的女孩是谁吗？"

"茉德·史塔克，"萨蒙说，"她是我以前在纽约警察局搭档的女儿。"

波赫默斯朝萨蒙凑上去,压低了声音。"她就是在《公报》写那篇反宗教文章的女孩,反对抗议堕胎人士的那一篇。"

萨蒙只是看着他。

"记得吗?来了差不多一百名示威民众吧?你们局里的人拦下一些民众检查车牌,他们是赫赫有名的反堕胎人士,从全国各地赶来了,电视台摄像机也来了。"

"我不看《公报》,"萨蒙说,"我记得有大规模的示威活动,但我生病没执勤。"

萨蒙不看《公报》,也没有每天看报纸。除了赛季看比赛,他不看电视。他在蕙兰医院割胆囊,那段期间发生什么反堕胎的冲突,他记得有人在走廊聊,但他没有注意。

"跟这位布鲁克曼教授有任何关联?"

"她是他的学生,两人关系很亲密,她就死在这里。"波赫默斯指着布鲁克曼家那栋属于学校的联邦式建筑。"就在他的屋子前面。"

"嗯,"萨蒙说,"校长没找我。"

"他会找你的,保持联络。"

警局位于市府大厦侧厅,市府大厦是一栋十九世纪新文艺复兴风格建筑,模仿德国市政厅。萨蒙回到警局,又看了一遍事故现场的手机录像。十来个州警——以他们的聪明才智来说,这样的东西看起来在说谎——花了大半天的时间,用宽屏幕依序看影片,没看出任何与车辆或司机有关的线索。

影片画面晃动模糊,雪花纷飞,焦点始终对准一场争执,只有一个人在吵吵嚷嚷,最后两个人扭打了片刻,其中一个可以看得出是已经去世的茉德·史塔克,另一个短发的高大男子应该就是史蒂夫·布鲁克曼。强调布鲁克曼想救她一命的学生,多于说他把她朝车子推过去的学生,但影片里人最后都散开,在一阵忙乱中从画面消失。还是无法肯定发生了什么事。

有一名学生带了有录音功能的摄像机去看球赛,赛后录到了教授和学生之间的冲突。影片令人不安,听得见恐惧的尖叫,如果知道在哪里要注意听的话,可能会听见一个声音大喊:"他推她。"但从画面中看不出来,激动狂乱的身体挡住了,完全看不到超速的车子,且学生的说法大多是布鲁克曼太慢伸出援手。

三个声称目睹布鲁克曼推她的学生,看上去很笃定,也很愤怒。萨蒙决定打电话给他们。他们一口咬定，不改最初的说辞。

"没错。"其中一个——是个男孩子——这样坚称，他可能有一点紧张过度。"我百分之百确定，他几乎是把她抱起来放到车轮下。"他书面上的说辞看起来可信，在电话中听起来像怪胎一个。尽管如此，布鲁克曼这个人让萨蒙感到不安，他也不怎么喜欢他那太太的声音。没有人会去找地方检察官，除非他们找到了车子。萨蒙觉得应该打电话给艾迪·史塔克。

二十

这一天到后来萨蒙都没有顺利联系上史塔克,放下话筒时,他阅读《公报》那篇引发一切不幸的文章,文章充满毁谤之语,笔锋格外自命不凡,比罪犯让自己判决加重的率直唱衰屁话还要挑衅。当年轻人可能只拥有学识的时候,为何要用尽所有学养来贬低别人的宗教?大学有时可以是一个极其刻薄的地方;当年轻人反映出这一点时,他们有的是锋利的语言和智慧,却没有理智与怜悯。

最令人讨厌的不是文章嘲讽的口气,最令人讨厌的,是畸形儿的彩色照片,茉德相信人工流产可以避免这些畸形儿的诞生。照片没有刊出来，但她显然本来有意要刊出，只是现在反倒在网络上流传。萨蒙看到最恐怖的一张，是一个患有罕见疾病 Meckel-Gruber 综合征的婴儿。巨头宝宝。真是他妈的荒谬：教会人士，反教会人士，拿着怪物照片游行，彼此都感到恶心。

翌日早上十点，他接到波赫默斯的来电，通知他说史波福校长麻烦他前往行政大楼一趟。

"校长找，我随时有空。"萨蒙告诉他。

这天天气恶劣，雨雪纷飞，这种日子让萨蒙仿佛进入波多黎各退休生活的幻想，他与几个赌博的朋友去过那地方一次，他的朋友喜欢住在佛得岛沙滩酒店或圣胡安大饭店一类的地方把钱输掉，那里不管什么都非常时髦花俏，而且阳光明媚，与新英格兰海岸截然不同——他相当确定他会在那里度完余生。

波赫默斯在行政大楼台阶上的白漆拱门底下等他。校长室位于三楼，可以走两侧挂着昔日学院名人肖像的回旋梯，或走更实用的管道——搭乘中控电梯，据说几个名人曾经受困在那儿。这位前公园警察往楼梯走去，又停下脚步，和萨蒙一同搭电梯上去。

"死了一个年轻人，令人非常难过。"萨蒙说。

"对我们来说,就像亲人走了一样。"史波福校长上一回也是这么说。

约翰·史波福体格瘦长,宛如演员般俊美,但一点娇柔的气息也没有。他一丝不苟的外表是他对工作作出的妥协,如果能够减少剪发理容的次数,如果身上的套装不必那么合身昂贵,他其实会更加自在。他不会坚持外表要小于五十一岁——他的实际年龄。

"没错,校长。"萨蒙说。

大家握手表示哀悼。校长请他们坐下,完全不提——当时也没提——案发后那条路应该封锁一事。

"据我了解,茉德当时正准备离开布鲁克曼的屋子。"史波福说。

波赫默斯让萨蒙回答。

"她根本没有进到屋子,史波福先生,他们站在外面,据称引起骚乱,我们的理解是这样的。"

"也就是说,布鲁克曼教授走出来。"

"没错,他的妻子——也就是布鲁克曼教授夫人跟着他走到快接近车子的前方。"

"车子一点线索也没有?"

"就我们所知,到目前还没有找到。"

"州警正在全力追查，快要有消息了，"波赫默斯说，"我们听说州长打过电话。"

"他是校友，"史波福说，"会是反堕胎狂热分子所为吗？"

萨蒙对他稍微耸了耸肩膀。

"当然有可能。下暴风雪，加上事发的种种情况，要追查出肇事车辆不容易。"

"一辆想不到会出现的车子。"校长说。波赫默斯准备回答，史波福却打断他，对萨蒙说话。

"那么跟我们说说布鲁克曼的事吧。"

萨蒙已经拿出笔记。

"大约晚间十一点，就在观赛的观众开始出来之前，当时正在下雪，史塔克小姐出现在布鲁克曼先生的家门外，大喊他的名字，可能拿雪丢向窗户，想叫他出来外面。他出来了，他们激动争执，最后应该是互相推来推去。史塔克小姐尖叫，布鲁克曼先生可能想要让她镇定下来，不过自己也喝了酒，两人都喝醉了。"

"但不是一起喝酒？"史波福问。

"那次没有，因为她没有进屋子。"

"但听起来像情侣吵架。"史波福说。

萨蒙没有说话。

"咳,"史波福说,"我想没有理由那样假设,你认为可能有人在激烈争执中犯了罪吗?"

"我们正在追查意外的详细情况,史波福先生,调查所有的外在因素。"

"找学生谈话?"

"我们通常会那样做,找学生、教授、职员谈一谈。"

每个人坐着沉默了片刻。

"那么,波赫默斯先生,"校长说,"你会协助他处理?"

"我们已经排定要找几个人谈一谈,"波赫默斯告诉他,"我相信,根据经验,如果我们去找他们,他们会比较自在。"

"去宿舍找?"

"去宿舍和校内的场所。"

"如果有可能的话。"萨蒙说。

同一日稍晚,波赫默斯陪他去学生交谊厅,私下和雪儿贝·马戈芬谈话。史波福校长出去处理茉德之死所掀起的媒体效应,大家都知道这种事在几个小时后会变得复杂起来。萨蒙感谢媒体焦点——暂时——转移到州警身上,交通事故对州警而言是例行公事。

与史波福校长交手,总让萨蒙想起他目前对埃姆斯伯里情况的理解。这几年市警经历几次尴尬的丑闻,在大学生流连的多数高档场所,无法享有完全的信赖。历史也有若干混淆,关于过去阶级斗争出现不同的观点。很多人认为争端可追溯到六十年代的暴力事件,其实对立源自更早的时代。在越战前将近一个世纪,穿布鲁克兄弟名牌粗呢套装的学生便集结起来,在埃姆斯伯里的圣帕特里克节或其他庆祝活动上,对整队前行的警察扔掷雪球,富家子弟觉得好笑的恶作剧激起移民后裔警察的旧仇。在这座城市,市民与大学师生向来水火不容,工厂关闭后,激烈的对峙情绪更是高涨。

市政府对大学的效劳超过必要限度,但学不会文明措辞的老一辈政客已经从公众生活中消失,城里只剩大学坚持立场,而且为所欲为的作风益发失礼。阶层与身份的差异继续存在,萨蒙小队长在警察世家长大,很清楚这一切。

大众的印象是,怪事不会发生在大学那一头的市区,但任何警员都知道事情没那么单纯。你可以问一问校警他们应付的怪事,那里发生过炸弹威胁,其他种类的威胁,激烈的斗殴,决斗,指控,否认约会性侵,无可争议的强暴事件,偷窃。偶有重大的盗窃案,譬如从校长室搬走贵重的波斯地毯,就是一桩不寻常的尴尬事件。博物馆也遗失过颇具名气的某位哈德逊河画派信徒的油画。

不过,大部分校警的通报会成为逗趣故事的素材,无趣的则由负责传达噩耗的史波福校长告知家长,这类的话题基本离不开:你的儿子吸食迷幻药;他以为他会飞。或者,你的女儿摄取过量的海洛因、药物、伏特加。偶尔,消息太过怪异,或悲惨到荒谬的地步,用电话无法解释,遇到这种情况,史波福会设法闪避责任。

学生命案发生时——十年会发生一两次——客气的人通常称行凶者为本地青年,警察则直呼他们人渣。人渣可能是河谷上游某个没落工业城来的毒虫,或随便一条街道尽头贫民窟的小孩,甚至可能出生于像萨蒙住的老社区。新世纪没有替大学城居民带来希望,有的人渣独来独往,但大部分成帮结伙,他们往往烂醉如泥,话太多,所以就像以前人说的,会当"抓耙子",跟条子告密。萨蒙接到这种电话后,通常由州法官定罪。这种事少说为妙。

当嫌疑人——通常就是凶手——是学生,情况就不同了。大学设有相当专业的安全部门,向来知道校园内数量惊人的内幕消息。一般来说,安全人员不会利用全部获得的消息,他们必须处理的问题,大部分是年轻人的小事,没什么大不了。有时事情严重,譬如地毯失窃案——一名抱持虚无主义的艺术系学生偷窃,虽然动机是恶作剧,但还是犯了重大盗窃罪,偷走价值数十万美元的物品。校内命案又是另一回事,执法必须格外谨慎,即使在以前还乱搞的年代,市警也极少拿起电话簿压在有嫌疑的学生身上刑讯逼供,就算是应付人渣,也不再用水管了。

萨蒙和波赫默斯穿过公园时,路上已经没有雪了,他们沿着几个男人正在清理的小径往前走,这些穿荧光背心的男人大概是犯了法,正在做社区服务。淡蓝色的天空取代纷飞的雨雪,天边堆着卷云,更低的暴风云朝着内陆丘陵而去。温度又明显降低。

他们穿过公园的路上多在聊天气。原来波赫默斯熟悉各种气候——热带、极地、亚热带、副极地,公园管理局一直调动他的工作,几乎每两年就得举家搬到新的地方,每一种气候带都有公园。他告诉萨蒙,他一开始是公园管理员,为了保住工作,不久就转任公园警察。

"他们要我们辞职,"他对萨蒙说,"他们想废掉公园,等着瞧吧,阿萨,美国没有一处国家公园有二百年历史。国会觉得公园是个馊主意。"

"去公园会受伤。"萨蒙说。

二十一

走到十字栈,萨蒙把手搭到波赫默斯的肩上,示意他停下来。

"布鲁克曼那样子,像是有一大票女朋友。"

"我听到的也是这样,"波赫默斯说,"那是不被允许的,但没有人告发他。"

他们进去时,波赫默斯对他说了雪儿贝·马戈芬的两三事,她是专业电影演员,实际年龄比外表稍微大一点。

"她在南方有个混账老公,她有保护令不准那家伙靠近她,我甚至还不知道那张保护令在本州有没有效力。她有几个热情过头的影迷,稍微有一点名气,没惹过什么真正的麻烦。"

他们在一间镶板装饰的小房间和雪儿贝谈话,为了谈话,房间清空,拉上窗帘。波赫默斯留下来,但把所有问题留给萨蒙。

"能叫你雪儿贝吗?"

"当然可以,"她说,"警官。"

"茉德死的时候,你没有跟她在一块?"

"的确没有。"

"你在哪里?"

"我在哪里?就在这里,应该是在睡觉吧。"

"茉德是不是和布鲁克曼先生有婚外情?"

"你知道吗,"雪儿贝说,"我没办法一下子就开始谈她的私事。"她的话停在这里,萨蒙不知道她究竟会不会说。最后她问:"跟那有关吗?"

"我们认为可能有。"

她取下脖子上的白围巾,缠起来托住手肘,她有小巧的脸蛋和大眼睛,看起来很耿直。

"我不懂,"雪儿贝说,"为什么?"

"知道真相对我们有帮助,我们现在是在为她办案。"

她看着他,露出沉着而轻蔑的表情,不再是一个无依无靠的孤儿。

"没错,警官,看样子她是爱上了布鲁克曼先生,他去年勾引她上床。"

"你那天晚上最后一次看见她的时候,她正要去他家吗?"

"我猜是的。"

"能告诉我们她当时的情绪吗?"

"非常伤心。"雪儿贝告诉他之后哭了起来,吓了他一跳。

雪儿贝这么一哭,软化了他的立场,他稍微朝她靠过去,让她看着自己的眼睛。

"她很生气吗?"

雪儿贝从手臂解开围巾,用它轻轻沾了一滴眼泪。

"嗯,生气、伤心、失望……都有。他老婆回来了,回来还怀孕了,好像是天底下最贤惠的老婆,帮他生小宝宝。所以他就甩了茉德,要跟她分手,一刀两断,拜拜,就算结束了。"

"你认为她喝醉了吗?"

"嗯,醉了。"

"她多生气?气到醉了还能使用暴力?"

"茉德不管是醉了还是清醒都不会使用暴力。"雪儿贝不知不觉开始含糊其辞替茉德说话。"她私底下容易表露情感,她会用言语表达。"

"你觉得布鲁克曼这个人怎样?"

"嗯,每个人都喜欢布鲁克曼,多多少少吧,人痞痞的,很受欢迎,非常红,我一开始很喜欢他,后来想了一想,不得不替茉德难过,已婚男子,有孩子,又爱吹牛。"

"她回来时有没有曾经受伤?身上有淤青?"

"啥?才没有!"

"他不只有茉德,还有很多女朋友?"

"我猜他也有别人,我认为他是会劈腿的那种人。"

"但诚如你说的,他已经结婚了。"萨蒙说。他对雪儿贝感到一点好奇。

"是啊是啊,就是有老婆,然后还要到外头找仰慕他的人,他的男女关系不算乱,以这里的标准来说不乱。"

萨蒙微微吃了一惊,看了波赫默斯一眼,波赫默斯耸了耸肩。

"所以你认为没有另一个年轻女人?"

"我确定没有。"

"茉德呢?有男朋友吗?她是不是为了布鲁克曼跟哪个男同学分手?"

"在我认识她的期间,没有。"

萨蒙客气感谢她拨空,她这时已经坐立不安,纯真的大眼睛眨啊眨,朝房间角落看去。

"我们接下来该找谁谈?"萨蒙问她。

"我不知道,"雪儿贝说,"或许辅导中心的乔·卡尔吧,茉德离开宿舍后去见她。"

"当时是几点?"

"可能快十点。"

"那个时间去找辅导员太晚了。"

"卡尔小姐找她,咳,我想乔·卡尔清楚情况,她很关心茉德。"

"为什么会关心?"

"卡尔小姐在茉德大一、大二时辅导过她,也许茉德偶尔会去那里讨论她的问题。"

波赫默斯与萨蒙再次感谢她,她快步朝大厅走去。

"喂,"雪儿贝转头大声说,"说不定是布鲁克曼太太开车撞茉德?"

萨蒙写笔记,记下要去辅导中心找乔·卡尔一事。

二十二

"我早预料到了。"

布鲁克曼停止踱步,痛苦地握起拳头。

"行行好,老婆。"

"对不起,这件事一定要说,我早预料到了。"

"我根本不该在这个屋子里。"布鲁克曼说。

"这是你家,我是你的老婆。你爱她吗?"

"我爱她吗?"

会不会我不懂什么是爱呢?他纳闷。其实他早就思索过了,这个问题往往没有答案,他也没有。因此,他站在这里,在因他的外遇而受到污染的房间,想要想出答案。

他爱身为女人的茉德,因为她女人的肉体,他爱身为凡人的茉德,因为她凡人的躯体。爱她的精神,爱她的聪慧胆识。凡人,肉体,才智,意志。他甚至对她缺乏判断力酝酿出某种的喜爱,可以说是爱她的青春和勇气吧。她不是孩子,但从某种角度来说,他把她当成孩子、女儿、妹妹来爱护。他以所有应该是对的方式爱她,他以错误的方式爱她。他爱她,不是对妻子那种不顾一切的爱,不是对自己孩子的爱。

"不爱。"他说。

"你太对不起她了,"艾丽说,"不知道我们会发生什么事。"

他没说话。

"让我告诉你一件奇怪的事。"艾丽对他说。

他的烈酒放在安静又堂皇的客厅,好几年前他就下决心要把它从钢琴后方的柜子拿到其他地方,因为索菲娅每天下午会练几个小时的琴。索菲娅专心练习《十二平均律钢琴曲集》的时候,艾丽若见他从索菲娅苍白娇小的身影后方费力取下帝王威士忌,就会觉得很生气,为什么生气,她自己也说不上来。此刻索菲娅在学校,很安全,他从柜子拿出酒,给自己倒了一杯。

"告诉我。"

她的眼睛一亮,她偶尔露出这样的眼神,布鲁克曼偷偷认为这种眼神是疯狂的闪光。"疯狂的闪光",因为她家族有人罹患精神分裂症,白湖一带的族群里有许多人患遗传疾病。

"上个月我在娘家时突然想到原来我怀孕了,我几乎可以确定,我准备告诉我妈,我准备告诉你。"

他们坐在一张皮沙发上,艾丽挪到离他最远的一端。

"你什么都没说。"他说。

"不想招来厄运,反正没有不舒服,我认为我可以跟南西·古姆、两个长辈去克里尔山另一头的山区做田野调查,我们知道有暴风南下,但是我认为没问题。"

她指的是教会里的长辈,南西·古姆是一位来自维多利亚的民族学家。布鲁克曼不知道这一年常有暴风雨。

"我们被雪困住,要越过克里尔山的时候。山上有两户信基督教的人家,因为很多年前有一个疯子带他的父母过去,一个跟总会决裂的人,他叫古罗斯。想一想丢勒，想一想明斯特。他们和那里的迪内部落一同生活。继续往南钻之前，那里没有冬季的通路。老人记得货币经济之前的日子，圣洁门诺会，中世纪。他们和那里的卡瑞尔部落一块生活，迪内部落，原住民，印第安部落，卡瑞尔人，没有冬季的通路。

"南西·古姆想录音，因为他们的歌是最古老、最深奥的北方歌谣，我们的族人过去跟他们一块住，保存下他们的歌。他们唱歌说话，好像鲍亚士①那个蠢男人还没到来……基督教孩子也做一样的事，他们用卡瑞尔语思考，嗯？"

自从茉德去世的那一晚，他的心便一直很烦，但她好像突然受制于某个难以抵挡的东西。

"那里发生什么糟糕的事情吗？"她不理会他的问题。

艾丽·布鲁克曼熟悉数不清的印第安叙事歌曲表演，布鲁克曼嘲笑过她，说这就彷佛日丹诺夫②同志宣称知道两千个俄罗斯民间故事。不过，艾丽是真的知道

---

① Franz Boas (1858—1942)，德裔美国人类学家，有"美国人类学之父"之美名。
② Andrei Alexandrovich Zhdanov (1896—1948)，苏联政治家。

这些曲子，她难得跟布鲁克曼或其他人讨论，但可能对他或聚会上的客人讲个故事，她可以把故事讲得很有趣，夹着讽刺，让这些文雅的耳朵觉得厌恶。

但她晓得她要是提起印第安的故事，别人会翻个超级大白眼。有一回，布鲁克曼讨好她，说："你讲那些故事真有一套，小艾，抓住了重点。"这句话他本来是当玩笑话说的。她能以绝对白人的立场来讲这些故事，把幽默、挖苦完全换成白人的观点。但她已经学会刻意以原始立场来理解故事。她暗自心想：反正他们现在已经认为我是个超级大傻瓜了，她很明白布鲁克曼和其他每个人都觉得故事无聊乏味。

真好笑，她心里会这么想，受人鄙视的朗费罗[①]利用《卡莱瓦拉》[②]的韵律，做出多么卓越的成绩，迥异于一般人的想象，连她自己也是到了那个冬天才真正了解。而前往克里尔山朝圣的狂热哈特派信徒早已知道。

"我很想喝几口你的酒，"艾丽对布鲁克曼说，"但

[①] Henry Wadsworth Longfellow（1807—1882），美国诗人，作品无数，曾收集印第安传奇故事，在叙述长诗《海华沙之歌》（*The Song of Hiawatha*）中描述原住民英雄的事略。
[②] *The Kalevala*，芬兰民族史诗，芬兰医生隆洛特（Elias Lönnrot）收集编成。

因为你太厉害了,所以我现在怀孕了。"她露齿一笑,又消失在她的眼睛后方。

"仲冬要来了,仲冬的仪式,黑暗,黑暗,一大堆一大堆的桦木、接骨木,有的他们一定是在千里以外的海湾购物中心买的,然后搬运进来。不是很讽刺吗,嗯,但那就是北方的生活,荒野的生活。那里没有讽刺,那里只有讽刺,那就是故事的唯一重点。但是光消失后的仪式,要消失多久,十五个小时?暴风雪困住我们,我心里想,我怀孕了,我必须要小心。"

"幸亏索菲娅在白湖没来,有人唱着一首关于郊狼的歌,我开始发抖,四周一片漆黑,我觉得我看到了郊狼。"她奇异的眼神看似失焦,她微乎其微地改变了目光角度,令他无法移动。

"郊狼呜呜叫着:'孩子会死,艾尔莎。'我心想:大地,我们死定了吧?我以为我们会失去这个孩子,但我没有失去它,没有,反而是茉德死了,没错。所以我早预料到了。"

布鲁克曼喝完他的酒。

"别以为我不会走进荒野,别以为我的表哥无法一周内替我盖好小屋,"艾丽告诉他,"我可以在那里住到老死，再也不见你，除了乌鸦，什么都不见，不见男人、女人，只见星星、黑夜和班克松，而我还是你的老婆，你明白吗？"

"明白，老婆，"他说，"我明白。"她从忘乎所以的状态回神，回到他的身边。

"但我想我不会那样做，你既然在这里，你应该为我留下。"

"我人生的每个夜晚都会留下，艾丽。"

"白天也是，对吗？每个早上？每个午后？"

"白天和夜晚，艾丽，是的，宝贝，"他说，"我明白，但我们现在不会有那个危险。"

"对，"她说，"真希望我能喝一杯，但绝不可以，是不是？"

"没错。"

"没错，"她说，"你和我和天上的神和现代医学让我们现在没有那个危险，不要再对我做出那件事。"

二十三

"我非常非常喜欢茉德,"乔·卡尔告诉萨蒙小队长,"我可以告诉你,我还为她服丧。她死的那一晚,我跟她在一起,请你务必找出开车的人。"

他看得出来她非常虚弱,却继续硬撑,撑得非常好。

"听说你带她去医院。"

"我带她去医院,结果医院的人告诉我她一下子就走了,我没有认真找她,我让她走失了。"

"卡尔博士,我认为你不该那样想,你已经做了很多本分以外的事。"

"我让她在很多事情上走失。"

"有什么你能做而没做的事呢?"

"小队长,如果硬要去想这个问题,我希望我可以做得更多。你问我能做什么而没做?我不知道。"

她的办公桌角落有一盒面纸,萨蒙好奇她是否会用到。

"你知道,"她说,"我愿意为每一个到这里来对我说那句话的家长努力,我自己没有孩子。"

"我替你难过。"萨蒙说。

"哈,是不能生,小队长,我要是怀孕了,就成了那个老笑话里怀孕的修女——开车辗过她还能额外加分。"

"博士,我的意思是,你这样伤心,我很替你难过。"

"对对,抱歉。"

"你认为茉德会对你说真心话吗?"

"我不能那样说,首先,她本来就不是一个愿意吐露真心话的人,她大一时应该还肯跟我说心里话。"

"后来就不愿意了?"

"后来几乎不说,不过我相信我懂她,我认为我很了解她,这种事很难用言语形容,透过跟她的生活有关的其他学生,我大概知道她的情况。"

"你说的是雪儿贝·马戈芬?"

"对,你们可以找雪儿贝谈一谈。"

"找过了,还有其他人吗?"

"据我了解,雪儿贝是她的室友,所以跟她最熟。"

"她与布鲁克曼教授之间有过一段不愉快的感情?"

"可以那样说,怎么问我这件事?"

他把马路上发生的事告诉她。

"他们互相推来推去。"

"等一下,小队长,我们怀疑的杀人犯不是一名反堕胎狂热分子吗?"

"那是最有可能的。"

"这跟布鲁克曼教授有什么关系?"

"我们必须考虑到每一种可能。"

乔沉默了片刻。

"她和布鲁克曼是有过一段不愉快的感情,你要明白一点,茉德不会去追求浪漫的恋情,她是那种追不到手、让人伤心的女孩,其中有些人——我想他们是在这里头一次遭人拒绝,男同学非常喜欢她,顶尖的男生也非常喜欢她。至于布鲁克曼，结了婚还来勾引人——恶劣多了，或者更厉害，或该说更情不自禁。茉德冰雪聪明，长得漂亮，又冰雪聪明……"

乔停下来看着他，他强忍着不把那盒面纸推过去给她，等乔回过神来，他抽出一张擦拭自己的眼镜。

"为什么问我布鲁克曼的事？"

"有询问的必要，所以她以为布鲁克曼也许会离开他太太？"

"那一点我并不清楚，我知道她认为那是爱，是爱情，她认为布鲁克曼非常喜欢她，布鲁克曼不会跟她谈家里的事，她不知道他们夫妻关系好不好，不知道他对家庭有多么忠诚。她很年轻，她很自恋，而布鲁克曼潇洒迷人，去过很多地方，她认为布鲁克曼是她的。"

"永远？"

"哟，"乔说，"永远？她还是个小孩子，天长地久，童话故事，自负虚荣，还有宠爱子女的老父老母，在校还是优等生。是啦，妈妈是已经过世了。"

"说一说布鲁克曼是怎样的人。"

"他们常常形容布鲁克曼是一位优雅的恶棍，在绝大多数的时刻是一个非常正派、讨人喜爱的家伙，酒量很好，善于利用机会，今朝有酒今朝醉。她老婆非常聪明，很爱很爱他，遵循'女人要挺自己男人'的传统。"

"你想他会伤害茉德吗？"

"不可能！你这样想？"

"我还不确定。"萨蒙含糊地说。

"老实说，我想知道为什么你问了这么多关于他的事。"

"因为事情发生的经过。你为什么说布鲁克曼先生是一个恶棍？"

"那完全是乱说的，"乔说，"那是开玩笑的话。"

"哦？"

她突然想起 El Doliente 以及梦见他的事。"说来好笑，"她说，"我应该提一个人，我在南美认识一位牧师，茉德在《公报》的文章出刊后引起了争论，那时他来找我，他算是一个反堕胎的社会改革活动家。"

"他到这里？到辅导室？"

"大家叫他瓦尔特神甫，我们在那里都用 noms de guerre（化名），我是说我们只用名字，不加上姓氏，因为会有危险。"

萨蒙记下她所提供的信息。"他有没有问到茉德？"

"有,每个人都在谈可怜的茉德。"

"他有没有威胁她?他看起来头脑清醒吗?"

"不瞒你说,我觉得他很吓人。"

"怎么说?"

"他很认真,多年前我认识他时就怕他,他是一个革命家,我想我也是吧。"

"在南美?"

"对,我猜想他可能带领一些秘鲁或玻利维亚的年轻人到各地去募款。"

"瓦尔特神甫,"萨蒙说,"我们会调查他的,你说他威胁茉德?"

"没有,但问起她的事,她死的那一夜,我梦到他,非常可怕的梦。"

"他让你觉得害怕?"

"在梦里是这样。"

"我们会尽力调查他。"

"我大概一直都怕他。"乔说。

"嗯,"萨蒙说,"有的神职人员就是叫人害怕,那篇文章登出后,我想有很多牧师神甫来这里。"

萨蒙走了以后,乔靠在办公桌上,低头望着老旧的桌面。她必须问一问自己,从什么时候开始把警察当朋友,当知己了?其实,她不讨厌萨蒙,以前至少打交道过一次,她不懂他为何紧盯着布鲁克曼,这一点让她感到不安。她刚讲的话没经大脑,刑警听了见猎心喜。他们会拿布鲁克曼当替死鬼平息这场风波吗?她心想,不会的,那个想法绝对只是她以前参与社会运动所残留的制约反应,但愿如此!但布鲁克曼做了什么?究竟发生了什么事?她刚才随口瞎扯,语欠思考,讲话脱离了现实,因为这桩事件太奇怪,太震撼,她才会出现让人诧异的偏颇反应。本周的《公报》头版用"问问题!"当作社论,乔独自同情茉德的死。

她已经写了一封慰唁短信寄给艾迪·史塔克,但既然茉德走的那夜她跟史塔克通过话,她决定打电话问他后事的安排。

不出所料,他粗声粗气接起电话,乔再次说明自己是谁。

"史塔克先生,你好吗?有没有任何我们能够帮得上忙的地方?"

"他们告诉我她会回家。"他说,"我想把她跟她妈妈放在一起。"

"没错，唔，能不能让我们知道礼拜仪式的时间地点？任何亲属以外的人也能参加的场合？让我们可以跟她道别？这里的人都很喜欢她，很欣赏她。"

"我听说了。"

乔当作没听见。

"我们有几个人想……也许替她祷告，如果方便的话。我们想缅怀她，向她表示敬意。"

"是，我想她不想要任何宗教仪式，只要放到她妈妈现在安放的教堂就好了。"

她等着他继续往下说，但他好像说完了。

"他们告诉我她会回家。"他又说了一次。

"我一定会让她回家，史塔克先生。"

"嘿，也许我该捐个什么给你们，也许我该捐一根女用冰球球棍，一组冰球龙门架。"

"史塔克先生，"她说，"请保持联络，任何我们帮得上忙的地方，请让我们为你效劳，务必打电话给我让我知道你的状况。"

她决定打电话给萨蒙小队长，问一问茉德回家的事。

二十四

萨蒙没有接到艾迪·史塔克的回电,于是自己又打了一通给他。这件事他反复思索了很多次。

"我越来越觉得我们应该坐下来谈一谈,艾迪,他们一定告诉你这算是一起他杀案,也许是偶然发生的,但可能是蓄意的,我还有没厘清的地方。"

"你们没抓到开车的人?"

"没有,你知道这里的情况,知道州警怎么办案,那一晚他们拦车路检,但想也知道,不是每一辆车都检查。"

"嗯。"

"她喝酒,艾迪,那孩子喝酒,你知道吧?我非常难过——茉德和这个叫布鲁克曼的家伙,他们两个都喝酒。"

"我知道他妈的布鲁克曼,布鲁克曼甩了她,她心神不定。"

"我们正在调查布鲁克曼。"

"那个烂人有老婆,他有老婆对吧?"

"嗯,他结婚了,出事时,他老婆在场。妈的,她肚子里有孩子。他们当时是在他家前面,这你听说了吧?"

"没有,没有人告诉我是在他家前面,阿萨?我必须跟你见个面,老弟,我过去找你。"

"能来就来。"

"你有工作,阿萨,我知道,我行的。"

"你行的话就来吧,艾迪,我想你能来是最好不过的,快来,懂我的意思吧?我们呢,我们私下坐下来谈。"

"有件事我得先办,我必须把茉德跟她妈妈放在一起。"

"那样做很好,艾迪,节哀,打电话给我,我们再聊。"

二十五

约翰·克雷马驾车穿过树林深处,无力的引擎声响引起路边住户探究的灯光和抱怨。这里是被诅咒的国家森林,以缠结的葛藤、冰毒的臭味及亡命之徒著称,没有人真的想在这里生活。

那里有一个可能很有智慧的人说过:"此地是舍伍德森林①,这里是他妈的《爆冲型人》②节目游戏,只有

---

① Sherwood Forest,英国的皇家林区,也是侠盗罗宾汉民间传奇的背景。
② Hole in the Wall,日本富士电视台原创的节目游戏,后来授权世界数十个国家制作,参赛艺人必须摆出适当姿势通过保丽龙板上的人形挖洞。

心理与意志最强大的人获胜。"

约翰开车到国道与县道交会处的救世主大教堂,教堂由整齐的金属组合屋构成,旁边有一栋没那么干净的双车厢活动屋①,那是牧师罗素·傅密斯博士和年轻妻子的住所。牧师娘没有在家等约翰·克雷马来访,傅密斯本人倒是醒着躺在床上,克雷马的停车声响让他心神不定。

克雷马正要敲门,安全灯灯光打到他身上,牧师大喊:"约翰!我来开门,我以为你在医院,约翰,我记得你妈说你不太舒服。"

他们在起居区傍灯而坐,约翰说明来意。这盏灯的灯罩印着一幅猎鹿图:一名橘帽猎人,瞄准镜开启的步枪,翠绿色的树,一小片天空。一头雄鹿站在离猎人很远很远的地方,鹿角有十二叉,是东部的鹿,它举高尾巴,做出准备逃逸的姿势。画幅绕了塑胶灯罩两圈半。

"没有,牧师。"约翰·克雷马说。他说,他去了他

---

① 外观与民房无异,有窗户、屋顶、隔间等,不固定在土地上,需要时可靠车辆整幢移走。主要分成单车厢与双车厢两种尺寸。

做作老婆抛弃他去念书的学校,在那个人家叫做大学的地方,立下嘲弄主必受惩处的范例,他发现跟老婆住在一块的贱货写了邪恶的东西。

"这个!"他说,"读一读!"他在颤抖。他漂亮的眼睛离开灯罩的打猎图,瞪着仿造屋檐底下的黑暗。"整篇文章都在骂人!知道吗?亲爱的傅密斯牧师!整篇都在骂!不过这个小贱人死了。"

"你杀了人,约翰?你没杀人吧。"

约翰·克雷马笑了,交给他一张像是从小报报纸印下来的东西,是《公报》。

"杀了!杀了,亲爱的博士。"

"别紧张,约翰小子。"傅密斯博士牧师说。

"我还没打死她,她就已经看见我的枪闪闪发光,然后发出尖叫,大叫,在那城市的街道上逃避我,她逃避我,从白昼到黑夜!"约翰大声说,像是反抗的呐喊,甚至像在惊叫,宛如模仿这位受害少女。"历经错综复杂!"①

---

① "她逃避我……"与"历经错综复杂!"两句,出自著名宗教诗人汤普森(Francis Thompson)描述自己逃避上帝的诗句,原文为"我逃避他……"。

"干，"牧师说，"放轻松点。"他把报纸放到一旁。"你要怎么做？"

"我要自首，我要接受处罚。"

"天啊，约翰，你真的做了这件事？"傅密斯牧师把视线从灯上移开，开始在他所站的位置慢慢转圈。"啊，父，我内心忧愁，我内心燃烧。"

约翰·克雷马的出现和告白，令矮小的牧师不知所措。

"我会帮你，约翰。"他说。但怎么帮呢？他希望上帝如他所听闻的那样值得颂扬。他竭力寻求上帝的意志，不知如何荣耀上帝。

傅密斯牧师坐回猎鹿灯旁，呼吸急促，听着约翰·克雷马一再重述茉德遇害的故事。

他描述茉德紧紧抱住他的膝盖，最后一声枪响的回音消失后，她以忏悔的姿态倒在他的脚下。他怜悯她。

"最重要的是，我宽恕了那女人。"约翰·克雷马说。

约翰告诉傅密斯牧师，他非常痛苦，但决心承担起他所犯下的罪行。

"约翰，你的枪在哪里？"傅密斯博士问。

他说已经在森林处理掉了，他说他祈求约翰·布朗①的保佑。他要傅密斯神甫发誓在他自首前守住他杀人的秘密，他要神甫祝福他。约翰·克雷马把故事一五一十说出来时，神甫渐渐陷入沉思，思索全能的上帝交付他的任务，上帝可能挑选他做使者，可怕的傀儡约翰·克雷马，他的勾当将展露在经历磨炼的世人面前。救世主大教堂的谦恭牧师将郑重解释，圣殿幔帏后方如何掷出神圣的骰子，又如何由这个年轻人来表现神意，约翰必须肩负起从其教堂院内承认神圣复仇之举的责任。

当约翰·克雷马起身要回到小卡车上时，傅密斯牧师堵住他的路。"休息一下，约翰·克雷马，趁狗舔那个坏女人的血时，我们跟拿伯②果园来的警察谈一谈。"他希望讨好克雷马，让他相信他老婆或他老婆的朋友是耶洗别③。在约翰·布朗再度赢得尊敬的土地上（原因未必与有色人种有关），可能也有约翰最喜欢的圣歌《你们吹角吧，吹吧》的歌声。那么，傅密斯就跟先知

---

① John Brown（1800—1859），极力主张美国废奴运动，曾领导人民武装反抗，后遭镇压处决。
② Naboth，圣经人物，以色列国王亚哈（Ahab）为霸占他的葡萄园将之杀死。
③ Jezebel，以色列国王亚哈的妻子，以残酷放荡著称。

以利亚一样，教会将是拿伯的葡萄园，数百万的电视观众将会见证，傅密斯和教会将得到赞扬，他们将拥有天国、权势、荣耀、电视曝光率、宣传。也许还有真人秀。米该雅耶罗波安耶利米和基列的千军万马。

"从这里打电话，约翰，在这里，在上帝的家自首，这会像是……"傅密斯想一想会像什么。"会像庇护所！没错！会像庇护所，他们会走出来，像是扣押人质，约翰！"

但是约翰·克雷马甩开他像甩开一件老旧毯子一般，大步走出门，开着车子朝市区前进。

因此，傅密斯神甫别无选择，只能拿起电话，拨到警察局。

"他向我认罪！"他对着电话大声说，"他全副武装在乡道上！他坦承杀了那个邪恶的女人，他全副武装朝市区去了。"

二十六

史塔克拖着不愿打电话找萨蒙,也搁置去大学一趟的念头。他感到一阵又一阵的眩晕,在悲伤中,在绝望下,他觉得自己比以往还要苍老。

之后,萨蒙有一天打电话来跟他说:"艾迪,我应该南下找你,我们还没找到那个开车的。"

换个时间,换个季节,他们曾从史塔克的家出发,到贝尔蒙特马场,到谢亚球场。几年前萨蒙来访,他们去了那些地方,当时茉德和她的母亲还在世。

史塔克拥抱昔日搭档,说没东西可喝,他现在戒一天酒算一天,不急。因此他们喝咖啡,两人喝了都不太舒服。

没聊几句,史塔克就提出他那个可怕的问题。

"你知道我姐夫?"史塔克问,"查理·K?"

"知道啊,知道啊,我不认识他,几年前听过他的事,我那时应该就知道他是你姐夫。"

"你听说他什么事,阿萨?这我得问问。"

"就几年前嘛,很久的事,只是听人说他是谁,他认识谁,他的丰功伟业一类的。"

"听着,我要问的是,有没有——就你所知——有没有人可能蓄意要伤害这个家族的人?也许茉德因为犯错而受到惩罚。"

"她所犯的错是搞上布鲁克曼,我是说,布鲁克曼那个家伙该死。查理·K?你指的是哪件事?"

"他在纽约下城发生那件事时干的'丰功伟业'。"

"你是说——"

"没错。"

"我不懂你的意思,艾迪。"

"让茉德读大学的协助,很小很小的金额,妈的,几块钱而已,用姑丈的名义。"

萨蒙不做声地端详他。

"绝对没有,"他告诉史塔克,"没有影子,没有谣传,从来没有。我不会不知道,我根本没听过这种事,忘了吧,拜托。"

在他的面前,史塔克面红耳赤起来。

"他们会抓到司机,艾迪,他们会留意,我会留意。"

"抱歉,我整个人一团乱。"

"嘿,告诉我,她跟布鲁克曼之间的关系,你知道什么?他会伤害她吗?"

"我没问她,我不能问她,我也不会问她,阿萨。为什么这么问?"

"唔,有个学生,应该说是两三个学生,他们看见他推她。"

史塔克目不转睛看着他。

"说辞兜不拢,"萨蒙说,"其他人说没看见,起诉不了。"

"起诉不了?"

"没错,那……好像是人为因素,反正那家伙蹲过联邦监狱。"

"不会成立,不过那家伙坐过牢。"

"干,不会吧?"史塔克说。

"干,不会吧?那家伙蹲过联邦监狱?这位教授?他是什么玩意?他是什么'我去过里面'的作家吗?"

"他是一个大名鼎鼎的光头白佬,以前干过捕鱼。"

史塔克一时间透不过气来。

"阿萨,"他控制住声音后说,"这件事你必须查清楚,老弟,这可能是个很坏的家伙,他在这个位置,可能伤害许多年轻人,听起来这些学生看到了什么,我是说……这件事你必须查清楚。"

"艾迪,"萨蒙说,"放心吧,伙计,这该死的家伙真要碰过她,他就死定了,我把这当自己家的事在办,他是我们目前头号嫌疑人,如果还有线索,我们一定会找出来。"

萨蒙心想,他无法向朋友保证布鲁克曼会受到处罚,艾迪·史塔克当然也一定知道,像这样的一个案子定罪有多难,几乎不可能。

"这个家伙,"史塔克说,"这个布鲁克曼……"他突然住口使用气喘喷剂。

"阿萨,要是他平安脱身呢?他在大笑,他……在大笑。"

二十七

警员布兰肯希普把布恩发来的通报交给萨蒙,文件通报警方已经逮捕约翰·克雷马。萨蒙马上打电话到宿舍找雪儿贝·马戈芬,雪儿贝接起电话,他叫她留在原处不要走。他也打电话给波赫默斯,要他尽可能控制预料中涌入校园的大票媒体。

萨蒙去了雪儿贝的房间,非常生气。

"你怎么没告诉我们你老公看了茉德那篇《公报》文章,鬼迷心窍?"

"没这回事啊,他是提过,但没有满肚子火乱骂,那里的牧师一定给他洗脑,有个家伙叫傅密斯博士喜欢上报,一直想办法扯我跟约翰的八卦新闻。"

"你没说你有保护令不许他靠近。"

"哎,那张保护令在这个州根本无效,我跟这边的法院申请,是因为我以为可能有需要。我从来没想到他对茉德会是威胁。"

"咳,他在肯塔基坦承撞死了茉德。"

小贝笔直往下坠,凭本能坐到沙发上。"什么?"

"那里的警察半个小时后要召开记者会。"

"我不信!"小贝说,"嘿,小队长,约翰·克雷马在那个周末不是在牢里,就是在精神病院,根本没到这附近,我妈经常调查他在哪里。"

大约半个小时后,有线新闻台报道约翰·克雷马的记者会取消。在同一天夜里,有人向他解释拘留扣押的原因。

二十八

上学期的最后一堂课,在茉德死之后,在圣诞假期与寒假之前。该周的预定进度永远是赶课,把课程作一个总结。有时,气氛愉快欢乐,有时,学生太忙了,急着想要下课,气氛死气沉沉。因为茉德,这堂课成了人间地狱,即使有谁——他自己或学生说了任何的话,布鲁克曼也记不起来。下课后,一名学生过来,是个男孩子,向他提出一个愚蠢的程序问题。布鲁克曼支吾过去,答应会用电子邮件回复,而他根本不会寄出这封信。

到了系办,秘书从里面的房间对他摇摇手指,不知道是什么意思。这个秘书不喜欢他,理由他永远不会明白。他忍住叫她去死的冲动。

在外面的街道上,他注意到有一个面色焦黄的高个子看着他,那人长得像职业拳击手,气色灰黄,留着灰色平头,冷酷的眼神直盯着他。他打领带,围着暗红色围巾,外头是一件蓝色大衣。有个比他矮的人跟他一块,正在看着布鲁克曼走过。他们彼此不是朋友,他们对迷人的环境或穿过大门的有趣人物没有兴趣。于是,他想到了,他们是外地警察。他之前至少见过他们其中一人,但觉得不是在学校附近。他经过他认识或认识他的人,可没有认出他们来。

六点过后,他回到家,艾丽对他说:"你今天在研究室待了很久。"她看起来很好,但不如怀孕初期那样容光焕发——有点苍白,较为疲惫,除此之外,看不出来她怀孕了。

有件事很古怪——他们现在做爱更频繁。布鲁克曼觉得这一点带来的满足感令人不可思议,或许还违背常情。艾丽默示她的意愿,一周数次,高潮的次数比平日多,来时以呻吟喘气让他知道。她的脸庞偶尔湿了,好像流露出伤痛。她总是立刻睡去,但容易惊醒。在认识茉德之前，他经常取笑她，说她会注意倾听灰熊的动静，留意偷偷靠近羊群的野狼。现在，他在事后不时会告诉她他爱她，她没有回话，不过经常抚摸他。她的抚摸给他鼓励，但让他伤心。

注意到艾丽每一个抗议的同时，他谨慎观察索菲娅愤恨或退缩的迹象。索菲娅也观察他，眼神怀疑不安，反过来注意到他焦虑的监视。在这样艰困的时刻，引导，养育这个即将成年又聪慧敏锐的小孩，必须审慎小心。与同龄的人相比，索菲娅在某些方面比较世故，某些方面又比较天真。他们彼此打趣斗嘴的亲昵关系，是他人生的珍宝，他不愿失去。

在研究室的期间，他有时像以前茉德来的时候拉上窗帘。他不看电子邮件，不接电话，绝对不应门。他偶尔喝酒，喝时一定要有东西读，那是他控制内疚与悲伤的两个主要方法。在霍默联邦拘留所时，他读了苏珊娜·穆迪的回忆录《丛林中的艰苦岁月》，这本书在他以前承领阿拉斯加公地开垦的朋友之间很流行，他研究室里有一本，他还没到要重读的地步，所以改读安东尼·鲍威尔之类作者的作品，他读了《沉静的美国人》与海明威的《没有女人的男人们》，以及柏林围城的历史。他经常喝酒,手边一定要有滋味浓烈的薄荷糖。

"别人现在看我的眼神很奇怪。"那晚他后来这样对妻子说。

"哎,你本来就是一个奇怪的人啊,不是吗?"布鲁克曼走去确认索菲娅听不见他们,他说了话才想到要确认一下。接着他给自己倒了一杯酒。

"你以为别人看我就不奇怪吗?"她问他。

"他们怀疑我推她。"

艾丽未能一开始就回答他。

"他们一度怀疑你打我,"她说,"你挥拳打我。"

"我从没打过你,从来没有挥拳打过你。"

"哦,有哦,很多年前,第二拳我闪开了,你出拳跟我哥哥弟弟一样,单脚站立。"她过了一会儿又说:"说不定他们是怀疑我,说不定他们认为我们两个都打了她。"布鲁克曼笑了,并打起哆嗦。

"我没打茱德,他妈的!你人就在我后面。"

"没错,我跟着你走出去。"艾丽说。他坐到厨房椅子上,看着她洗碗盘时的侧脸。她的面容美丽,透着英气,并非没有缺点,精致的长鼻在鼻尖微微翘起。追她时,正在热恋中,他发现她相信——无论如何谦逊——

她人生的方向都由上帝操纵,她必须作抉择以表示对他的尊重。当然,她不一定说出全部的事实,但是她不擅长说谎。"我跟着你出去,"她如实说,"没错,你们两个。"

"我没有打她。"布鲁克曼说。

"我搞不好会打她,"艾丽对他说,"如果她转向朝我的家跑来。"

他脑中浮现一幅画面,生动得像亲眼目睹一样——雪从茉德睁开的蓝眼旁落下,雪花堆积在她呆滞静止的瞳孔上,她的发上,她的喉头。这个画面并没有令他对艾丽产生反感,他不清楚这引发了他何种感受。

"我出去一下。"

"开车吗?买麦片回来。"艾丽从厨房看着,如今她一直期待的圣诞假期没了——过了门诺教会生活后,被允许的圣诞节——而且她的生活由内而外慢慢改变了。在路上,布鲁克曼以惹恼其他司机的车速驾车,他防卫性地控制车速,在他的潜意识里,大批非官方警力正尾随在后。他离开屋子,心中没有目的地。

二十九

布鲁克曼盲目乱开,从城的这一头开到了另一头。在这段时间,萨蒙上门,艾丽请这位刑警离开,之后又打电话到警局找他,还去了警局一趟,简单说明茉德死去那晚她所看见的情况。

"你请他离开时,他说了什么?"

"唔,"艾丽说,"他不想走,他说可能之后必须以更正式的方式叫我去做笔录。"

"不晓得他是什么意思。"

布鲁克曼整理思绪时,萨蒙打电话表示想过来一趟。

"不如我过去好了?"布鲁克曼问。

"也好。"萨蒙说。

布鲁克曼出门,冒着冷雨走去警察局,一见到萨蒙的脸,马上思索艾丽在讯问当中一定说了什么,他确定她不知如何给劳动阶层的敏锐年长刑警留下好印象。

他是对的,萨蒙不满意布鲁克曼的妻子的说法。这名小队长认为,她显然相信自己所说的话,但是她傲慢的矜持表现出忠诚和镇定,却没有增加他对布鲁克曼夫妻任何一人的好感。

"坐,先生。"萨蒙说。

他让布鲁克曼把事发当夜记得的细节,从头到尾说一遍,没有打断他。他仔细观察布鲁克曼,让他知道有人在注意他的一举一动。

"教授,你曾经在一家联邦矫正机关服刑,这是事实吗?"

"我做过捕蟹船船员,当时刚从海军陆战队退下来,我们的船'水兄弟号'从霍默出航,捕到的螃蟹大小和发育程度都超过限制,我们没注意到平季的变化。"

"怎么会进牢里?"

"我们恶搞海岸警卫队,我带头,所以我在理查森郊区一座空军军营改建的组合屋监狱蹲了三个月,里面关的都是干渔业的,他们好几年都施行联邦法律,后来州政府改了很多规定。"

"很倒霉,你根本还是个年轻孩子,才刚退伍。"

"对,判得太重,每个人都这样说。"

"不容易,不过你后来混得不赖,你在这里是……"

"没错。"布鲁克曼感觉萨蒙对他的态度,比较像是对一个被捕的坏人说话,而不是对一位大学教授。

"这么年轻的女孩,很可惜,你还有其他的事要告诉我们的吗?"

"我怎么会有呢?"

"哦,很难说,布鲁克曼先生,茉德·史塔克去你家,外头下着暴风雪,她心烦,她还喝醉了,你却不让她进屋子去,为什么?"

布鲁克曼望着他半晌才回答:"她去那里恐吓我,还有我的家人。"

"真的?"

"没错。"

"你认为你帮不了她?"

"只能建议她离开。"

"你认为建议她离开能够帮助她?"

"对。"

"你把她用力往外推吗?"

"用力往外推?怎么可能。"

"你引导她回到街上?"

"我没碰她。"

"很遗憾,布鲁克曼先生,我们有手机录下的画面,你碰了她,你主动碰了她。"

"我们在马路上的时候,有车子开过来,我想把她拉回人行道,那是录像画面的内容。"

"我呢,我很惊讶,天气这么坏,你居然逼她到大马路去。"

"我没有逼她到大马路,我叫她回家,如果她听了我的话,就不会出事了。"

"但是你发脾气?"

"我没有发脾气,萨蒙小队长,我没有发脾气,我请史塔克小姐回宿舍,因为我家里有小孩子,我想她可能会受到惊吓。"

"你可以叫我们去。"

"没有必要。"

"也许有,也许她应该叫我们去。"

"当时没有人需要警察,这是私事,没有暴力事件,我们不需要警察。"

"或许是情侣吵架?咦?因为这个地方的每个人都知道你跟这个女孩子上床,看样子她碍着你了,也许她当时应该叫警察才对。"

"你是在指控我把她推到一辆车子前面?"

"如果我告诉你,我找到了看见你推她的人呢?"

"不可能,他妈的!他们看到的是我想把她从开过来的车子前拉走!我们两人当时都有生命危险。"他从椅子站起来,萨蒙把自己的椅子往后拉开。"你们这些人是想唬烂什么?是替这所大学工作?还是替什么卖命?"

"与学生上床是违法的。"

"违你妈的法,萨蒙!成人与成人之间的性行为并不违法,到目前为止,不违法。"

"违反了校规。"

"警官,那不关你的事!"

他们隔着桌子怒目相对。

"狠角色嘛你,"萨蒙说,"教授?"

"你吃不消的,警察先生,你如果想把我塑造成什么杀人魔,我发誓,我会告你,告你们市府,让我逮到跟你串谋这种诡计的人,我一样告他们。"

布鲁克曼坐回椅子,把手肘搁在桌面。局里还有几个市警在办案,他们停下来注意听,三三两两走到萨蒙的办公室附近。

"也许我当时应该开车送她回去,"布鲁克曼说,"显然我应该开车送她回去。"

萨蒙没有说话。

"我们谈完了吗?"布鲁克曼问。

萨蒙站起来。

"你想开车的那个人是谁?"

布鲁克曼惊讶地瞪着他。

"我希望你会找出他。"

"我们一定会的,"萨蒙说,"如果还有什么要告诉我们的,教授,你有我的名片,不要犹豫。你不会出远门吧?"

布鲁克曼思索了一下,出远门是他还没想到的打算。

"好吧,"萨蒙说,"我们会在这里。"

布鲁克曼决定第二天早上请个律师。

三十

一个寒冷的日子,史塔克搭乘长岛铁路火车前往麦詹葬仪社,妻子的骨灰是他们存封的。

"我想把女儿的遗体放在我死去老婆的遗骸旁。"他告诉略微超重的金发葬仪师,他是麦卡伦家的人。麦卡伦表达慰问之意,怜悯芳华早逝的死者,史塔克认为他的慰问在这样的情况下是由衷之言。麦卡伦家年轻的一辈会参加讨论会,跟着叮叮当当的铃声冥思。

"先生,你跟教堂谈好这件事了吗?我想会先举办复活弥撒再安葬吧。"

"我认为她不要弥撒。"

"史塔克先生,你的夫人过世后不是在主教座堂吗?"

"没错,在救世主堂。"

"史塔克先生,那么就要依循相同的程序。请问,你为什么认为史塔克小姐不要弥撒呢?"

"她不信教,她深爱她的妈妈,她十分想念她的妈妈,她一定希望在她的身边。"

"先生,"年轻人客气地说,"这些事都有关联,你确定她不想跟母亲一样?"

"我不想跟你吵,"史塔克解释,"我希望处理好这件事。"

"我们会依照你的吩咐去办,史塔克先生,我们应该已经服务史塔克家好几代了。"

"从你们还在第一大道开始。"

没错,虽然史塔克从来没有仔细想过这件事。麦詹葬仪社继续服务当地人,他们迁移路线和史塔克这样的家族一样,离开了某些曼哈顿社区。内战之后,他们安葬了许多军人,不同的人偏好不同的商家。麦詹葬仪社在遭遇不幸家属们心中的评价很高。麦卡伦延长死囚遗孀的付款期限,不多收钱,服务也不打折扣。另外,基于自身的理由，他们从创业就开始服务艾滋病患者，有的殡仪业者不喜欢做那种生意。

"有一件事在我们能力之外，"麦卡伦说，"史塔克小姐的母亲在救世主堂，我们无法保证她在那里有位置，他们有他们的规定、收费等等，所以你必须去跟他们谈，史塔克先生。"

"瓮是标准规格的，对吧？"

"你说什么？"

"瓮，你怎么叫那个玩意？放骨灰的那个东西，看起来都是一样的对吧？你们会制作？你们贩售？"

"通常……"麦卡伦说。

"捡起我的茉德，把她放到那玩意，我会去跟教堂的人说，这件事得我来做，就这么着。"

他交给麦卡伦一张死亡证明。

"仪式会非常简单，"麦卡伦说，"这些形式，这些世俗的仪式，某种程度上是为了朋友亲人所举行的，传统是这样的。"

"我还是不要。"史塔克说。这是茉德会作的回答。

"我不知道该说什么，史塔克先生，抱歉。"

"我决心给茉德她要的，她从没过过好日子。"

麦卡伦注视他的眼睛。

"我能了解你的感受,史塔克先生,问题是,我们一向跟教堂合作,不脱离它的惯例。"

"我会跟他们讲,我要我女儿跟她妈妈在一起。"

"我们可以提供你很多服务,史塔克先生,但没办法就这样将你女儿的遗骸送进救世主堂。"

翌日他搭火车到大教堂看整墙的壁龛。骨灰装在大理石似的小容器,顶部与香烟盒一样有盖子,再放在玻璃匣里。玻璃匣很像史塔克从小看到大的圣骨箱,仿制中世纪风格。在他里奇蒙丘的教区教会里,一个类似的箱子装着骨头,信徒对着骨头虔诚跪下,亲吻前方的玻璃。盒内据称是圣沃尔邦格或是什么的遗骸在里面安息,由于信徒的亲吻,玻璃表面永远唾沫交织,雾气朦胧。旁边有一条脏兮兮的灰色薄抹布,是用来擦拭玻璃的,以免通过玻璃感染到小儿麻痹症病毒或口腔真菌。不得不参与这场亲吻游戏且神志清醒的人,会表演一记响亮的隔空亲吻,再拿起前方的抹布迅速抹一下,同时担心会通过布染上什么疾病。这个既恶心又神圣的片刻,是可以拿来对适当的人当笑话说的。

三十一

布鲁克曼到史波福校长的住家拜访他,而没有去他位在行政大楼的办公室。约翰·史波福的屋子布置典雅,连经常出入美国东部文理学院校区内陈设考究住宅的人也会惊奇。史波福的屋子里最富丽堂皇的家具属于学校,但很多灿烂精美的物品属于史波福夫妇,最贵的财物则是史波福夫人的。

布鲁克曼夫妇和史波福夫妇相识好几年,史蒂夫·布鲁克曼和约翰·史波福的关系近乎朋友,至少偶尔如此,他们在同一段期间于海军陆战队服役。布鲁克曼走进屋子时瞥见玛莉·匹克,虽然她是史波福校长夫人,大家都称呼她玛莉·匹克。布鲁克曼对她道声早安,她露出亲切的眼神,也说了早安。布鲁克曼感到安慰。

"早安,史蒂夫,情况真糟糕。"面临麻烦之际,玛莉·匹克没有流露挖苦的语气,音调也没有变化。"约翰马上来,你什么都不要吗?"

听着她离去的鞋跟在光滑的走廊地板踩蹬,他居然感到慰藉。校长在与他职位相衬的雅致房间见客,布鲁克曼坐在房里等待,寻思与他说话那个女人的脚步,一个他喜欢且欣赏的女人,一个在学校备受注目和臆度的女人。

她非常迷人,金发蓝眼,英国人,态度友善好客,不给人威胁感。依照现今的无形规定,除了校长夫人的身份以外,她还拥有一份专业工作。她有考陶尔德艺术学院的艺术史文凭,在拍卖行任职,一周前往纽约两趟,学校有些人因而称她艺廊风尘女郎。她极其高雅内敛,因此成了幻想的对象,有人——尤其是不喜欢约翰·史波福的人希望她有情夫,应该在纽约吧。自负的人——大多是男性——做白日梦。史波福夫人对晚宴上的留恋眼神习以为常——就算难得有宾客喝醉暗中勾搭,她也习惯了。这种事她能够轻松以对。仰慕她的学生在宿舍打手枪，抽大麻。她有什么秘密？

其中一个秘密是——每逢周日，不分晴雨，她会穿上长及脚踝的雨衣，颏下系着围巾，走两公里半的路，前往圣布雷瑟教堂。早上八点，一位八十余岁的矮小爱尔兰牧师，会在那座残败的教堂以拉丁语主持弥撒。她偶尔协助老迈的厄瓜多尔清洁妇整理退休牧师那间面朝后院的公寓。史波福夫人抵达时，牧师和老妪都好像立正站好，她不再试图叫他们放轻松。有一回，牧师见到她出现，马上就要起身，她阻拦牧师，威严的态度吓得牧师险些坐在那里断了气。史波福夫人偶尔在弥撒时成了得力助手，因为牧师经常忘记应答的圣歌，而她手边就有。

正在签名的史波福校长从学校印出来的成堆文件中抬起头来，新闻稿、吊唁函、他极其擅长的那几类息事宁人的声明。他目不转睛看着布鲁克曼。

"我明白你现在的感受。"校长摸了摸布鲁克曼的膝盖说，接着又加了一句："我知道那句话听起来很无聊。"

听到这句话，布鲁克曼觉得受辱，闭起眼摇了摇头。

校长在椅子上挺直身躯。"我很难过，史蒂夫，真的。"

"没关系，老板，能说什么呢？想都想不到有这种事。"

布鲁克曼的脑子冒出一个短暂的念头：他恐怕真的会崩溃，伏在这个浑蛋的肩头上哭泣。一定是经验丰富的肩膀，经常有无辜、不幸、丧亲、懊悔的人趴在上面哭泣。因此，他转念又一想，痛惜玛莉·史波福见到他来了这里，他非常喜欢和欣赏她，害怕她目前必然怀抱的想法。他沉默片刻，观察校长的不安，他会让我趴在他老婆的肩膀上哭吗？他很想那样哭。

"是这样吧，过去四十八小时，我一直怀疑我们该有什么反应。"史波福说。

是可忍，孰不可忍。布鲁克曼控制住自己的情绪，"什么反应？对什么的反应？对我害死茉德·史塔克这件事的反应？"

"没有人认为你害死茉德·史塔克，史蒂夫，但我可以告诉你他们怎么想，他们认为你怂恿她，勾引她，利用你的年龄、经验与在校的地位，滥用你对她的责任以及身为她教授的本分。"

"少来了,你从来没有睡过学生?你不知道我跟茉德·史塔克的事?此时此刻,你不知道这个校园里的其他奸情吗?"

"由于那样失当的关系,她陷入不安的情绪,导致她卷入死亡意外。在这个校园大家庭,你的角色如父亲,又与我们的友人同事艾丽结缡多年,你却让周遭的人都知道你怂恿和诱惑她。而外界认为有身份干涉,说句话,阻止你,劝告——不,是命令你停止的人,什么都没有做。知情却没有行动——这就是外界的想法。"

布鲁克曼没有说话。

"学校不接受你休假的申请,也不会续聘你。至于你提出的问题——我从来没有睡过我的学生,我要特别强调这一点,这正好证明我做事谨慎。没错,我是知道你和死掉的茉德·史塔克的事,我知道你口中的奸情,我知道,董事会知道,连反应迟钝的董事长大人都知道,所以我会为此受到惩罚,他也是。"

"抱歉。"布鲁克曼说。

"没关系,史蒂夫,我早该料到的,这是一个过渡的年代,不是吗?旧秩序在新秩序跟前坍塌,做一些避讳的事或能达到目标,带来好运,令人不齿的行为也能受到包容。我们一直活在其中。过去那一套没用了,现在我——我绝对不可能再取得一个这样的职位——我非常非常喜欢的职位。"

前门打开又关上,校长透过拉上帘子的窗户,看见妻子向屋外街上的两名年轻女子打招呼。

"他们当真要叫你走,约翰?为了这件事?"

"对,我想不光这件事,但他们确实要我走。"

"我非常过意不去。"布鲁克曼说。

"没事的。好了,我的事说得够多了——来说说你的事吧,你有一个月的时间静静离开学校,你如果要计较细节,找个律师。"

布鲁克曼准备站起来。

"听我把话说完。你走了,艾丽会不会也走?她绝对可以留下,不会有问题。"

"我肯定她会跟我一块离开,我希望她会。"

"太可惜了,因为她也不太可能一下子就找到这样的学术单位,我会尽力请学校方面提供她所有需要的推荐信,你的话,我们就帮不上什么忙,因为很多人认为你是野外作家,不是教育工作者。"

"是啊。"布鲁克曼说。史波福很可怜,玛莉·匹克更可怜,因为她生命中发生的惨事,因为她在大学里找到的安逸。他感激史波福没有提起这件事,他所能做的只有不再表示歉意。

他前往系办通知他们他下学期不教了,途中经过她的身边,她与两名同伴正在闲聊。他感觉自己恐怕会在街上失态。

三十二

周末过后,史塔克认为是时候把茉德安放到她的母亲旁边。又一波温暖的冬季气流降临当地,周一是近七十年来气温最高的十二月天。他搭火车前往拿骚郡,准备到救世主堂,妻子的骨灰安奉在那里。前一天,他在麦詹葬仪社的语音信箱留了言,告知他的意图。出发前,他又打电话给麦卡伦,这一次联络上麦卡伦本人。

"我们恐怕碰到了障碍。"麦卡伦说。

"什么障碍?你什么都准备好了,不是吗?"

"我们这边什么都准备好了,我以为会听到主教公署的回音,但根据他们今天的电话,我不能确定他们已经作出决议。"

"我希望今天办妥这件事,如果没办好……"他没把话说完。"我希望办妥这件事。"

"我会等到我们收到他们的回复。"

"你今天在吗?"

"在,我在,"麦卡伦说,"但我会等候他们的回复。"

"我现在过去。"史塔克告诉他。

他从车站搭出租车去葬仪社,到了正门,发现要按铃才能进去。里面只有詹姆斯·麦卡伦坐在前厅的办公桌,身穿适合葬礼的整洁衣裳,他推测百合花余香必然是经年不散。他在供丧家主顾坐的椅子上坐下,拿出支票本,葬仪社老板已经替他准备好账单明细,史塔克开了一张全额付清的支票。

"那么——"史塔克说,"我们送过去吧?"

"咳,"麦卡伦说,"可是我还没得到他们的许可。"

"去他的许可。"

"我不知道这种态度适不适当,听着——"史塔克还没能回答,他就说:"我拿给你看。"

他捧着一个长方盒子回来,看似板岩做成的盒子是板岩色,很深很深的灰色,上头有个墨绿色十字架记号,就像装饰中世纪凯尔特语手稿的金色十字架。

"你没有交代我们,史塔克先生,希望这样你会满意。"

"你是说已经好了?"

"我们是这样解读你的指示,只能冒个风险,希望这样你能接受。"

麦卡伦以一种让他可以选择收不收的方式把盒子朝他送过去。

史塔克生硬地伸出手接住。那东西冰凉平滑,比他预料大得许多,也重得许多。麦卡伦站起来,迅速从他手中拿走,摆到办公桌后方一面灰帘前方。

"我由衷希望这样处理你能接受,我和麦卡伦太太……"

"这样很好。"史塔克说。他决心要让他们把茉德跟芭芭拉放在一块。

"你看起来生气了。"

"不是气你。"

史塔克很惊讶听他提起麦卡伦太太,因为他以为詹姆斯·麦卡伦是同志,但麦卡伦嘴里的麦卡伦太太其实是他的母亲。

"所以我现在应该带走,"史塔克说,"我们送过去吧。"

"唔,他们还没打电话,我跟他们谈过了,我认为我安排好了,但他们还没打电话来。"

"没关系,"史塔克说,"我们直接送过去。"

"如果他们不收呢?"

"不收?什么意思?"

"咳,"麦卡伦有些困惑地说,"我跟那边的朋友谈过,本来以为没有问题,但现在情况怎样还不清楚。"

"我去弄清楚。"

"这样做好吗?"麦卡伦说。

"给我那……那个东西,那个东西叫什么?"

"骨灰匣,叫骨灰匣。"

史塔克走过去拿起来。

"我以为就直接叫'骨灰',或者什么狗屁的。"

"史塔克先生,请别这样。"

"骨灰匣,我要把它送去教堂。"

麦卡伦从椅子站起来,目不转睛盯着艾迪·史塔克。"我最好也去。"

"为什么?"史塔克紧紧拿着盒子质问,"你最好也去,这句话什么意思?"

"相信我,史塔克先生,我应该要去的,法律有规定。要是他们基于某种原因不收骨灰匣——我不是说他们不会收,我其实认为他们会收。纽约州有运送遗骸的法律,有执照才可以。"

史塔克与麦卡伦开着麦詹葬仪社的林肯长礼车前往救世主堂。"我在想——"麦卡伦边驾车边说,"你好像在生气,所以我想到用法律规定这一招。"

"我很感激,"史塔克说,"这样我还要再付钱吗?"茉德的遗骸用带子绑在后座。

"你是当真的吗?当然不用。"

在途中,麦卡伦不停打电话给朋友还是谁,总之就是救世主堂那个鼓励他抱持乐观态度的人,却始终联络不上。到了大教堂,葬仪社老板把车停在葬礼专用的车位。

"今天没有活动,"麦卡伦对史塔克说,"只有我们。"

"我们去神甫家。"麦卡伦又说。史塔克捧着骨灰匣,喘着气一路落后。麦卡伦后来改变心意。"不去了,不去神甫那边，我们到纳骨室——按铃叫教堂司事。"他们因此改变路线，朝教堂前进。

救世主堂建于一九七〇年代中叶，是一栋圆顶长建筑，两边各有一栋像哥特式大教堂飞拱的巨大侧楼，两座飞拱建筑都比中央圆顶建筑大。他们登上三级浅而宽的台阶，发现主建筑的每一道门都上锁。麦卡伦走到一道门边的小圆铜片前，是门铃一类的东西吧，看起来像是年代久远的装置，源自另一个时代。史塔克猜装置本来属于另一栋历史更悠久的教堂，后来改装到这座教堂。铜片上方的匾牌写着"找司事请按铃"，麦卡伦按了下去。从他们所站的位置听不到声响，史塔克没听到动静，把骨灰匣放下，擦擦额头的汗水。

"今天好热。"麦卡伦对史塔克说。"不要担心，"他又说，"会成的。"似乎乐观起来。

"好。"史塔克说。

过了几分钟，门铃按钮旁的门居然开了，史塔克微微感到诧异。一名穿黑色法衣的男子走出来看着他们，态度不怎样友善。在法衣底下，他穿着平民衣服，打着红色领带，样子像是非神职人员，想必就是教堂司事吧。史塔克印象中听过或是见过"教堂司事"这个词，但不清楚是什么意思。

男子的目光立刻落在装着茉德骨灰的骨灰匣上,史塔克觉得他的注视有点失礼,这人似乎认识麦卡伦,而且不太喜欢他。

"麦卡伦,你们两个带那个来这里做什么?"

"这位是史塔克警官,"麦卡伦说,"警官,这位是亚瑟·波杰斯,这里的助理司事。"

警官在亚瑟·波杰斯的世界中是好家伙,他握了握史塔克的手。

"史塔克先生不幸痛失爱女,他想把她的遗骸跟她母亲的放在一块,我相信应该是没问题的。"

"你得问一问牧师。"

"不用吧,"麦卡伦说,"我们可以打开纳骨柜放上去就好了。"

"我不能随便那样做。"教堂司事说。

"一定可以,"史塔克说,"放进柜子就好了。"

波杰斯傲慢地踱步走了,留他们在台阶上,接着带着一名苍白虚弱的秃头牧师回来,牧师的教士领圈着紫色饰带,手上拿着一本小本子。他把本子举到额头,挡住明亮的冬阳射入眼睛,好把他们看得更清楚。

"哈啰，麦卡伦先生，"他说，"我来猜，这位是史塔克先生吧？"

"我是艾迪·史塔克，"史塔克说，"我把我女儿带来了，我是说，我把她的遗体带来了。"

麦卡伦与牧师低头看教堂白色台阶，退离骨灰匣。

"我们自麦卡伦先生那里得知你的要求，我是华盛顿神甫。"他伸出手，但史塔克没有出手握住。"这件事恐怕还要讨论。"

"'这件事'？什么这件事？让我女儿跟她妈妈在一起？我现在就想把她放在这里。"

"这让我们很为难。"牧师说。

"是吗？"史塔克问他。

牧师比麦卡伦和史塔克矮上十来公分，他继续用小本子抵住额头，以似乎极度认真的眼神看着他们。由于秃头，加上头顶平滑，他反射出的光芒相当夺目耀眼。

"首先，抱歉，现在无法请你到我的住所，也不能……"他比了比后方高大的教堂门。"我们今天看起来没有活动，但其实很忙。这件事主教尚未作出决议。"

"我们能不能现在先把史塔克小姐的遗骸放进去？"麦卡伦问，"或许之后再讨论。"

"麦卡伦先生,"牧师说,"我们不是便利商店,不是你想来就能来,这一点你应该最清楚。"他对史塔克说:"而你,先生,你也应该明白才对。"

"史塔克先生是一位警官。"麦卡伦告诉牧师。

"哦?"华盛顿神甫问,"很好,感谢你为民服务,说实话,我想我在什么文章里读过你在警界服务的事。"

"开门收下年轻人的骨灰,可以吗?"

"哎,这个嘛。"华盛顿神甫的口吻变得冷淡疏远,不再像刚才那样轻快。"现在你可需要我们了。"

"是,"史塔克说,"现在我需要你们。"

"事情没有那么简单。"牧师带着淡淡的笑容说。

"我认为她需要她妈妈,我认为她妈妈希望她在这里。"

"抱歉,"华盛顿神甫说,"我没有这个权限。"

"她犯了一个错,"史塔克说,"我想你听说那件事,但她想跟她妈妈在一起,她妈妈也那样希望。"

神甫重振精神,扫视着每一个人。"这样吧,各位,这个周末先把茉德收好,之后大家再进一步讨论,主教——"

"把谁收好?"史塔克咬着唇问他,"我们把谁收好?"

麦卡伦把一只手放到史塔克的胳膊上。

"噢,这位小姐,"华盛顿神甫说,"我是说……史塔克小姐的遗骸。"他朝大门后退了半步。

"把遗骸跟她的妈妈放在一块吧,神甫。"史塔克说。

"喂,麦卡伦,"神甫说,"你们回到葬仪社后,你可以跟他解释。"

"你解释,"史塔克对神甫说,"你跟我解释。"

华盛顿神甫走开,消失在没有上锁的教堂门后,教堂司事波杰斯始终站在进门处。

他们驾车回去,茉德又被绑在后座。麦卡伦开始解释。

"这个教区非常保守,史塔克先生,其他地方比较有弹性,他们会——我希望他们会更有同情心。"

"没关系,"史塔克说,"不是你的错。"

他们把茉德的骨灰放在葬仪社办公室后方拉上窗帘的房间。

"你今天没喝酒吧,史塔克先生?"

"这两天没喝,但脑子还是很乱,还在醉。"

"我相信他们会清楚该怎么做,这帮人非常死脑筋,还有华盛顿那个人,他很难搞。"

"你有喝酒习惯吗,麦卡伦先生?"

麦卡伦面露微笑,又擦了擦额头。

"十一年没喝了。"他说。

三十三

乔始终没有从艾迪·史塔克那里听到茉德和母亲合葬的消息,她与萨蒙小队长联系,得知茉德的遗骸已经送去纽约。不过,萨蒙告诉她,拿骚郡教会刁难他们。另外,肇事车辆和驾驶都没有进一步消息。

乔想了一想,决定致电史波福校长夫人玛莉·匹克,打到她位于纽约的拍卖行。玛莉说回家路上要顺道过来。

从几乎与人行道等高的角落窗户,乔见到玛莉·匹克的包车轻巧地绕过广场,停在乔这一排建筑的单行道标志前方。玛莉踏着轻快步伐朝辅导中心入口走来,乔看着雨水一点一滴弄脏了校长夫人名牌鞋科尔汉恩的精美鞋面。

天主教强制行军多次走过理性沉眠的深渊,而乔与玛莉各自在天主教倾崩的宗教组织中奋战。她们都是Credo quia absurdum①的旗手。玛莉的信仰根深蒂固,是坚定的骑兵,具备突击队掌握荒谬的能力。乔则深呼吸,举起双臂投降,觉得靠自己双脚站着就好。但由于乔与纽曼社成员的接触(茉德·史塔克曾经也是该社成员),她们两人结识。她们被迫知情的事——无论信或不信——足以让她们在学校成为密友,感情之好,乔甚至几回在天亮时陪玛莉到圣布雷瑟教堂巡查,但全然只是基于观察的立场。她不怕被人撞见有那样的同伴。乔也知道友人许多不为人知的事。

某年五朔节,在贝尔法斯特,由于爱尔兰共和军在一辆卖冰激凌的卡车底下安置炸弹,玛莉·匹克的第一任丈夫被炸成两截,儿子几乎全盲。之后,在她的听证会,完全没有人指出匹克上校以英国官员身份在爱尔兰从事服务政府的工作。匹克家族自征服者威廉时代就信

---

① 拉丁语,意思为"因为荒谬,我信"。

奉天主教，他们在十六世纪宗教改革时决定放弃地产和圣俸，在其后四百年依旧如此。玛莉·匹克带着她性情古怪、眼睛失明的十一岁儿子，搭乘火车前往法国南部卢尔德①，在漫无止境的车程中，她面对许多悲痛的问题。卢尔德没有提供期盼中的代祷，因此回程是孤寂凄凉的。如今，玛莉·匹克在大学，嫁给了性情乖僻且认为不可能确定神是否存在的约翰·史波福。她的儿子身材高大，具有他父亲的军人风采，现为工党议员，他作为导盲杖的白色皮柄牧羊杖是他的招牌——这是他给自己开的小玩笑。他娶了一名玛莉·匹克并未发自内心喜爱的伦敦名记者。

乔告诉玛莉跟长岛教会发生的小争执。

"我们会亵渎死者的葬礼。"玛莉·匹克朗诵起来。

乔吓了一跳，她知道玛莉引用了《哈姆雷特》。

"玛莉，他们肯定不会留下那样的记录。"

"教士变得很嚣张，又来了。"

"揭露了那么多内幕真相，他们的理想目标似乎顺

---

① Lourdes，位于法国西南部的上比利牛斯省，十九世纪中叶一名女孩声称眼见圣母显灵，小镇从此成为驰名的天主教朝圣地。

利发展,"她对玛莉说,"别介意我这么说。"

"理想目标?这些人哪是为了什么理想在努力。"

乔自办公桌站起来,打开办公室天花板的灯,一盏灯发出恼人的低鸣。隔着包住窗户的金属丝网,她望着外面街上的水坑。金属丝网可以追溯到这幢老屋还是教区学校的年代,当时必须保护建筑不受移动飞锤的攻击。

"我担心那个父亲,"乔凝视着雨水说,"上了年纪,现在又是一个人,老婆走了,从警界退休,没有其他子女,满腔的怨苦,喝酒。他很快就不会属于我们所生活的世界。"

"他知道她堕胎过吗?"

"她没有堕过胎,她是那样告诉我的,我百分之百相信她。"

"奇怪。"玛莉说。

"从她写的那篇文章稍微看得出来,那是没有经历过那种事的人写的。"

"真奇怪,"玛莉说,"我也那样觉得。"她淡淡一笑。"我心想,好自负的家伙,她知道的只是皮毛。"

"听说长岛主教不愿意茉德的骨灰放进纳骨室跟她

母亲放在一起——还是什么骨灰龛,随便。只是帮个忙,算是一桩美事。但他希望她的父亲找人主持正式的殡葬弥撒,换句话说:爬过来,他们就带她回家。"

在哀鸣的丑陋灯光下,她们分坐桌子的两端。

"哼,主教是个臭老头,不是吗?"玛莉说,"希望她的父亲记得女儿是异教徒,是罪人,丢了母亲的脸,永远无法与母亲团圆。但是他不能假装通过她的救赎去除一个基督教灵魂,就为了一个青少年在校刊写的文章。"

"玛莉,他大概无法想到那么远,谁晓得他信什么呢?谁晓得他是谁呢?现在谁还晓得怎样的人会当上主教呢?"

乔站起来关掉天花板的灯,终止刺眼的光线,关掉它的噪音。

"他们里面有人还不错。"玛莉说。

"真的吗?你都这么说了,我就信你,不过你是一个容忍度很高的人。"

"哦,"玛莉·匹克说,"从来没有人那样跟我说过。"

乔坐下望着优雅的友人。

"我想问你一件事,我一定要问,但我怕问了,你就不再是我的朋友。"

"哦,"玛莉说,"我们来看看。"

"你怎么能和他们——像你这样一个人,怎么能够支持这群人这种恐吓行为?"

"我不能,因为我没有,我没有积极推动,也没有鼓动民众,我只能告诉你为什么我不会堕胎,为什么我认为不该堕胎,但那些你都知道了。"

"没错。"

"如果有人问我,"玛莉说,"我会说别做,有人不信人类的生命从受孕就开始了,我不能证明他们是错的。我们被教导宇宙是美丽的,我们相信它是美好的,我们相信宇宙实体反映一个超越我们理解能力的完美,但我们只能经历部分的完美,经历几分而已。人——我应该说人类对吧——也是神圣的,反映我们称为上帝的存在。物质、实体激起人类生命的生气,因此也是神圣的。目前,我们受到的教育告诉我们,受孕后母亲就能感到体内胎儿在动。"

"那是目前。"

"我们别吵吧?因为这是既定的信条,不是吗?"玛莉说，"那是目前权威人士授意的教义，是信条，那样神圣的本质是不能任意毁坏的，不能为了个别或整体人类的利益而评判是否值得毁掉。那是教会的教义，那是信徒实践的信仰。"

"所以其他人也都得实践？"

"我尊崇被宣示神圣的事物，国家法规无法证明堕胎是正当的，让人类生命神圣的不是国家法规，它无法判定什么是可能下地狱的罪状或亵渎的言行，它无法惩罚精神上的罪，它无法擅自替上帝发言。"

"玛莉，我从来没有想过你持这种观点。"

玛莉看表。"要替'阿长'做晚餐了，猜他讨不讨厌被叫阿长，灵感乍现想到的绰号。"

"真希望我当时在场。"

"是啊，"玛莉·匹克说，"你从来不在场，我有灵感时，从来没有人在场。"

乔朝门口走去，她们隔着玻璃看雨，乔有一大堆被忘了带走的伞，玛莉借了一把。

"别担心，约瑟芬，"玛莉·匹克把手放在门把上说，"我们会帮茉德的父亲把事情处理好，教会……那边。"

"喂,玛莉?你觉得茉德的文章写得好不好?暂且不论宗教?"

"不论宗教?我们失去了一名作家,我要为她祷告,发生了风风雨雨,我要祈祷一切都会很好,你知道的,'一切会很好,一切会很好,各种事都会很好'①,尽管发生了风风雨雨。你该试一试,真的,试一试无妨吧?"

"还是留给你去做吧,很高兴你喜欢她的文章。"

"我没说我喜欢。"

"但你认为写得很好。"

"啊,没错!时光爱语言,你知道的,诗人说要原谅作家,而我们在这里。"她朝大学著名的图书馆打了手势。"到处都是书,我们也爱语言。"

---

① 基督教女隐士诺里奇的朱利安(Julian of Norwich,1342—约1416)自称上帝亲口告诉她的话。

三十四

根据午后时刻表,史塔克必须在康涅狄格州一处破败的车站换车,他几年没见过那个车站,上回经过时,那里是抽可卡因的地方,一个充满讨厌暗影又老鼠猖獗的拱顶。城里发生轰炸事件后,那里修缮过了。他想,或许一件事都关系着另一件事。墙壁涂鸦用油漆掩盖,天花板的荧光灯尚未遭人恶意破坏,但售票处已经关闭,除了他以外,车站只有一个人——一个穿连帽衫的少年,困倦的模样很可疑。史塔克走过去看他——这是做警察的冲动。男孩半闭着眼,毫无反应,仿佛明目张胆不怕人知道。

史塔克穿了最好的羊毛长裤与相当破旧的运动夹克，走路时歪向习惯承受半自动手枪重量的那一侧。史塔克当差时，纽约警察配的是格洛克手枪，取代了以前的左轮手枪，威力强大，一枪就能毙命，可以让一个正在奔跑的人腾空甩出去。史塔克认为那是要展示二十一世纪盾徽的武器。如果要用一样武器占领街头，那一定是格洛克手枪，举枪随意连发开火就行了，一个不小心吸入的气息便可能让它冒出火焰。一把有自己意志的枪，在9·11事件之后形成的世界——沉重，难用，随时可以在数秒内压制半个屋子。它们流行起来，这款享有盛誉的武器诱惑笨蛋轻易显摆。

格洛克手枪引起全国多起异常的枪击事故，发生的事件令人费解，街头也因枪出现荒诞不经的场面。很奇怪，他离职后竟然没有继续带着它。

在接下来前往大学的火车上，史塔克有座位可选着坐。到了纽黑文，他又站起来换车，穿越翻新过的车站。茉德生前，他们把车站清理一番，以便与使用车站的时髦年轻乘客相称。茉德曾也是其中之一。一辆区间慢车从纽黑文出发走过穿山隧道，沿着河驶向埃姆斯伯里。

三十五

乔正在收拾东西,准备关上办公室放假过节。谴责及恐惧伴随着茉德之死到来,引发一股扩散蔓延的不安,在这股波动中,她提供改头换面准备返家团圆的学生大同小异的建议。家乡的父母会欣然接受自己的子女受诸如禽流感、嗑药、昆达里尼瑜伽、萨拉菲主义等各种影响,返家游子发现他们的生活出现的变化远在他们意料之外。简而言之,终究是严峻的时刻,圣诞节将来,孩子年纪也到了。校方倒是松了一口气,大半的回响不会在校区内出现。

就快处理完邮件时,一名老先生穿过对街的门,往下走到她的办公室。"是卡尔小姐吗?"老先生问。乔露出笑容。"我是艾迪·史塔克,茉德的爸爸。"

他这句话的口气阻挡了她客套的问候。

"你永远是她的爸爸,史塔克先生,直到永远。"

"我们通过电话,"史塔克说,"你跟我,她死的那一晚。"

她请史塔克坐下,自己在他的对面就座。

"那一晚,她非常心烦,所以我送她去医院,没想到她从我身边溜走。你万万不可说你曾经是她的爸爸,史塔克先生。"

她站起来隔着办公桌和他握手。

"随你说吧。"他告诉她。

"我跟你说过,学校这边的人都很难过,没心情过圣诞。"

"嗯,"史塔克说,"太可惜,我看见市中心的街道都布置好了。我从长岛来。"

"我们非常想念她。"乔说。史塔克微微颤抖,乔想知他是否又再喝酒,已经喝了几天。

"我知道这里的人很喜欢她,我听说是这样的。"

她只觉得这句话很心酸,而她能说什么呢,说她无法提早协助茉德面对在这里得到的欣赏和喜爱,说茉德自己喜爱这里,说她在这里生活充实丰富,说只要一点运气,以及比运气少一些的、可怕的上帝怜悯,是绝对不会出事的。

"但现在你们带走了她,嗯?"史塔克说,"你们从我这里带走了她。"

她看着这男人颓靡记仇的脸庞,我们让你失去了你漂亮的孩子,原谅我们!

"史塔克先生,"她说,"我本来今天就想打电话找你,你说要把茉德跟她母亲放在一块?我听说教会……刁难?"

史塔克在椅子上扭动,对乔露出的冷笑令乔畏缩了一下,好像她就是教会,就是校方,就是自我放纵的教员,每个人都在宣扬他们虚伪的爱、贪婪与背叛。

"嗯,是这样的,史塔克先生,我们这里有个人在教会非常活跃,她已经安排让茉德与她的母亲尽快合葬,到时会有神甫在场,你想办仪式的话,也可以办仪式。"

"所以你们——"史塔克说,"你们这里的人,你们什么事都做得到,是吗?"

"不，先生，"乔说，"我们没有办法，但是我们关心，我们之中有很多人关心。"

史塔克默默坐了一会儿，没有看着乔。接着，他起身走到窗前，望着上方街道上的人。少许学生还留在校园附近，把课本卖给此地唯一的独立书店，替朋友家人购买纪念品。

"我不要宗教仪式，"史塔克说，"神甫给我滚，我要把这孩子跟她母亲放在一块。"

"我们会处理，史塔克先生，就在这个星期，在降灵节期间。"

"我听说南方有个年轻人供称是他撞死茉德的，"史塔克说，"那个招供是假的，一个疯子。"

"嗯，我知道，那这位布鲁克曼呢？有人说他把她推到车子前面，那个勾引她的教授，那个有前科的家伙。"

"不是这样的，先生。能喊你艾迪吗？那是另一个荒唐的谣言，目击者，几乎所有目击者，都说他当时想要救她。"

"他没被逮捕，没受到指控，是因为他在这里工作吗？"

"没有罪名可以指控他,艾迪。"

"是吗?"

"我确定他没有伤害茉德,她是他美丽又优秀的学生。"

他没说话,只是看着她,好像想要问一问她,怎么会认为美丽和优秀可以保证一个人的安全。

"很高兴她能够跟她妈妈在一起,"史塔克接下来说,"我不用任何仪式,她不会要的。"

"都照你的意思,"乔说,"无论何时都照你的意思。"乔看出他病得很厉害,他从外套拿出喷剂吸了一下,乔问他是不是有气喘,他说是肺气肿。很严重。

"知道我想做什么吗?"史塔克说,"我想去看看事故发生的那条街。"

"真的?"乔问。她不喜欢这个打算。

"嗯,我想去看一看那个地方。"

乔不清楚史塔克是否知道茉德是在布鲁克曼的家门前被撞倒,他的需求令她不安。

"能告诉我怎么走吗?乔·卡尔?你叫乔·卡尔?"

"叫我乔就好,艾迪。"

"好,"他说,"没问题。"

"你想看的话,我可以指那条路给你看。"

她带领他离开办公室,朝泥泞的公园走去,草地边缘堆着融化的脏雪。第一群游民已经集合等候午餐,沿着第一长老教会院子的尖刺栅栏排队,教堂的钟琴正演奏着《玫瑰颂》。

乔带他绕过草地,接着开始沿着爱德街朝胡桃街和冰球馆而行。

"你不必跟我一道去,卡尔小姐,告诉我怎么走就行了。"

"没关系。"乔说。

"我不希望你去。"

"好吧,"她说,"从这里过两个路口,在冰球球场左转,就在马路右侧的半路上。"他点头表示感谢,乔望着他朝冰球球场方向走去。那天早上,他在药妆店买了根便宜手杖,在这段必须以脚走完的旅程中用得上。他走路时其实不依靠手杖——而是在胫骨的高度把手杖晃到前面,几乎像盲人一样。不过,衰弱的他还是行进缓慢。乔看着他,想唤回他,不管他以为自己正在做什么,中止他正在做的事。

"艾德!"

听到自己的名字,他缓缓转过身。

"有事来找我,你知道哪里可以找到我,艾迪!"

"一定。"

回到办公室,乔发现琐碎的细节与不安的困惑,中断了期末整理办公室的工作,叫她最担心的困惑是刚才与艾迪·史塔克的对话。他居然跑来学校,这叫人觉得恐慌,她在交谈过程中刻意避开他来这一趟的事。最后她担心得打电话到警察局找萨蒙,提起她刚见到史塔克。她没通知校警队,反而打给了萨蒙,因为她知道他与史塔克在纽约警局共事过。她也有一个问题要问小队长,她希望答复会让她更容易放心。

萨蒙接起电话后,她说:"他请我告诉他怎么去他女儿的死亡现场,这似乎合乎情理,我当时没有顾虑周全,他是要去布鲁克曼的家。"

"他像是要伤害人吗?他激动吗?"

"我认为没有。"

"他有没有喝酒吗?"

"这一点我想到了,我看可能是喝了,但他没有很醉,也闻不到酒气。"她事后觉得他有一点遮遮掩掩。

萨蒙谢谢她打电话来。

"小队长?我提过的那个男人,你调查出任何消息吗?自称瓦尔特神甫的那个男人?"

"你那个家伙死了十年了,卡尔博士。"

"确定?"

"看来是百分百没错,他在他住的地方很有名,印象中是路易斯安那州那里吧,得癌症死的,病了很久。"

"一天晚上有个男人来找我,非常生气茉德写了那篇文章,我发誓那人就是瓦尔特,我对他很熟,如果有人在法庭上问我有没有见过他,我会把手放在《圣经》上,发誓是同一个人。"

"不可能,卡尔博士,他是个名人,确定过世了。"

"你特别调查过?"

"嘿,我们硬逼那些人,逼到他们以为我们是疯子。你的瓦尔特神甫死了,不用怀疑。"

史塔克认出布鲁克曼的屋子后,在马路几乎正对面的大梓树下的长椅坐下,椅子上还有题献的小金属牌。从辅导室走来,他已经上气不接下气,很高兴有个地方坐,还有暖阳。日光明媚,学生现在回家了,许多建筑关闭,因此街道相当安静。两个路口远的公园转角,每座教堂轮流以圣诞圣歌报时。

史塔克挨着长椅一头坐下，枪套中的手枪咚一声撞到了扶手。他把手杖横放在椅子上，读小金属牌上刻写的文字。献给一位教授与他的妻子，这是他们最喜欢的一棵树，他们在一九三〇年代过世之后，旧日学生认捐了这张椅子。史塔克心想，他们活在美好的世界，但他们一定没有那样的感觉。史塔克在条板上伸展遭威士忌侵害的难受骨头。四周阒静无声，他可以听见河畔燕子的啾啾声，它们在公园小屋的装饰屋檐定居。坐在这里，他几乎可以听见辗出独生女最后一口生气的冲击声，也听见了燕子及午后最早出现的鸽子轻巧掠过，向宁静的空间报到。

一开始，史塔克为了女儿的惨死而哭泣，但是越想越觉得这件事似乎与他自身的命运及性格有关，便不再流眼泪。是谁摧折茉德这样的可人儿，她不过是史塔克的茉德，史塔克是小偷，茉德也是，他们靠着抢劫茁壮成长。这样说会不会太过残酷？

要明白其中道理太容易了。恶人史塔克与恶人的爱女——这一切是伸张于他俩身上的正义。因为她是茉德——昔时的小偷，自私的骄女。因为她是他美丽聪慧的独生女,因为他爱她远胜于生命,因为他和他的母亲很爱很爱她。

至于他自己,他心想,尽管一开始可能具备了天赋,最后还是成了槁木死灰,成了酒鬼。他甚至称不上是二流的警察,他根本是一个差劲的警察,而且并非特别忠厚。一个懦夫,道德上的懦夫,偶尔成了真正的懦夫。他舔舐旧伤,怀怨在心,还意图复仇。他根本心胸狭窄,幸灾乐祸,沉溺女色,背叛了爱妻,又戴上绿帽。他是偶发坏勾当的帮凶,他是对罪行袖手旁观的从犯。

在他看来,早在他有权利愤怒之前,愤怒已经毒害了他。他想,愤怒,它一定在他的血液中。他懂节操,假装不屑,最后果然不屑。他害怕希望,恐惧光亮,对所有公平正义的理想置之一笑,对一切置之一笑。那就是茉德担心的理由。

从长椅看向对街,他见到一个穿着棕黄色风衣的高挑女子看着人行道沿街走来,她戴眼镜,一条围巾宽宽松松系在脖上。跟着她的是一个十岁上下的小女孩,这个孩子引起史塔克的注意。她的发色比她的母亲深,正值尴尬的成长年纪,手腕从滑雪外套的袖口露出。她长得高,腿很长,但有着高额头的脸庞闷闷不乐,非常难过,那是一张显然非常聪明的少女脸蛋。她们走到布鲁克曼家门口停下来,她的母亲拉拉她手肘的袖子,提醒她到家了。女人站着,关切地垂头看着女儿片刻,轻轻抚摸她的头发,脸庞由于烦恼忧愁而憔悴。史塔克想,她们应该是布鲁克曼的家人,正享受着养儿育女的喜悦。在那一刻,史塔克明白了一件事,身为死去茉德的父亲,他的人生是大不相同。

这个想法令人着迷。都走了,妻子走了,女儿走了。女儿本来是那样的不可思议,不只是个孩子而已,结果原来她只有美貌和智力卓越出众,其他方面如他自己一样也是个凡人。史塔克心想,拥有一个像她那样孩子,自己的人生升华,尽管世间的"史塔克"依然是史塔克。尽管如此,她还是令人感到惊奇,茉德受到某个强大东西的影响,她令人感到惊奇,但土丘族[①]——拥有她的小精灵——让她失去了力量。这孩子与宗教正面交锋后走了。他是多么疼爱她!

[①] Sidhe,爱尔兰神话中的超自然种族,相传生活在土丘底下,在古语中为"土堆、小丘"之意。

他认为世上简单的事莫过于理解。像是某些制伏他愤怒的力量,要求具备形体和恩典的奇迹之子像蟑螂一样被压扁在人行道上。从他让自己明白女儿已死的那天起,他所过的生活有别于之前,依然混杂着愤怒与悲伤——它们依然存在,依然是苦恼的根源——只是不再那么混乱。他感觉好像突然可以看清楚过去的人生,似乎他在那个人生中活到失去了身份,他为了武器携带的证件、驾照、所有定义他的证明——甚至自己的名字——完全没有重要意义。这却没有带来任何特殊的自由。自由永远是他不熟悉的东西,如同一个观念,或者一个体验过的状况。没有人与事物是自由的,每一样东西都有严厉的束缚与定价,扣了锁,上了链,从最后一杯酒到最后的高潮,你以为是一己灵魂最高的飞行。史塔克喘不过气,他摘下帽子,靠在廉价的手杖上。接近傍晚,天色依然明亮,他在等候打电话到对街屋内找布鲁克曼的勇气。

史塔克坐了大半天,温暖白昼的核心藏着一股寒意,慢慢钻进他的骨子。他已经开始喜欢感觉格洛克手枪的轮廓,仿佛时间或理智以某种方式夺走了枪。终于,当冬日暗影自幸福街一侧缓缓移动到另一侧,见到他知道必是布鲁克曼的男人沿街走来。布鲁克曼是一个高大的男人，将近一百九十厘米，身上没扣扣子的炭灰色大衣说明了他的肩膀宽度。要靠近他，必须如俗话所说的"步步留心"，必须让他一枪毙命，无法垂死挣扎。史塔克把手伸到外套底下的武器。

他看着男子快步拐入位于幸福街的高雅住宅，他知道那是布鲁克曼，正要拿出手机，马上察觉一辆出厂没几年且无标志的车辆堵住不远的小巷。友人萨蒙坐在驾驶座，摇下右侧的窗户。

"嘿，艾迪！"

史塔克站起来，本能地想转身走开。

"艾迪！"萨蒙推开副驾门，"艾迪，去我的办公室，兄弟。"

他的逃脱能力已是历史。史塔克走到马路上，坐上萨蒙的凯美瑞。他们沿着通往公园中央的街道行驶，停在一排画线标示为警车专用的停车位。

"卡尔博士打电话给你？"史塔克问。

"你在他们的屋子前面做什么，艾迪？"

"在沉思。"

"听着，兄弟，有人撞倒茉德，害她死在马路上，那个人不是布鲁克曼，天啊。我们所知道的每一件事现在都告诉我们，他并没有做出推她一类的事，他老婆当时在场。"

"他老婆在场？她一定他妈的替他说话。"

"我想这个女人很不会说谎，即使情况危急也撒不了谎。这个不谙世故的女人要是骗我，我想我是看得出来的。男的所说的，女的所说的——都已经被证实了。一开始的证词不可靠，在讯问时，指控他的目击者都说不出可靠的说辞，其实他们没有看见——不是目击者。"

"他勾引我女儿，阿萨，他嘲笑我们，他害她成了婊子。"

萨蒙摇头。

"不要讲傻话，抱歉，艾迪，不要毁了你的人生，她的回忆，她妈妈的回忆，你自己的功绩。"

"功绩？我有什么他妈的功绩？功绩咧！用一个狗屁词，让人类做的狗屁事变得香喷喷的，这样用在媒体上就好像很得体是吗？我老头可以讲功绩，在码头，在拖船上的爱尔兰功绩，你想讲西西里功绩吗，阿萨？我的功绩，我的老二。"

萨蒙被激怒了，片刻不出声坐着。他环顾四下，看看附近有没有人会听见。

"这件事害你没了自尊心,艾迪,我替你感到难过,你如果没有自尊心的话,我可是有。"

"我讲的是我自己,阿萨,不是别人。"

"好吧,拜托,控制自己一下吧。"

"我揩人油,我优柔寡断,"史塔克说,"你知道金赛拉当着我的面怎么说吗?"

萨蒙手臂抱胸,抬起眼睛。"别讲,艾迪,拜托。"

"他说——查理说滥用公款的警察,他说有的警察拿,有的不拿,如果不知道怎么拿,就不该拿。他说:'有的警察想拿,但不知道怎么拿。'他在芭芭拉面前说这个,他是在说我,接着,发生——"

"闭嘴,艾迪!"萨蒙大声说,"你他妈的给我闭嘴!你他妈的最正直,你不受贿,又聪明,人人都爱你,尤其是芭芭拉——她是天国的圣人——她爱你,金赛拉那个猪狗不如的东西。"

萨蒙停下来,打量昔日搭档。"喂,"他说,"带在身上吗?你有武器吗?"

"没有。"史塔克说。

"听好,"萨蒙说,"我怪我自己,我不喜欢布鲁克曼,我气死了,我发誓,他的行为让我气死了,因为我知道茉德是怎样的人。但他并没有把她推到什么车子前面,我可没说他做过这种事吧?我原本是怀疑。"

史塔克看着前景街的圣诞灯亮起。

"艾迪,我也可以告诉你,州警掌握一份茉德死后汽车失窃的通报名单,已经在调查了,马上会去抓人,所以,就是这样。"他转向史塔克。"嗯,我看你疯了,我想你身上有武器,给我。"

史塔克不理他。

"你想老死在苦窑那种鬼地方?你想把自己搞臭掉?"

史塔克摇头。

"还是——"萨蒙说,"你想要叫清垃圾的跟法医清扫你他妈的脑浆,让其他的家人想起那种事?还有罪恶。"

"哼,阿萨,少跟我谈什么罪恶。"

萨蒙伸出手。"武器给我,我会还你,你要收据?我会亲自还给你,立刻给我。"

于是,史塔克最后交出了格洛克手枪,萨蒙看看手表。

"这个时间每半个小时就有一班火车,你赶得上四点二十那班,我送你。"

"不用送。"史塔克说。不过,他接受了。

在火车站的月台,史塔克看着四点二十那班火车驶离,他不要错过与布鲁克曼的约会,他心想,即使这场约会只是要宣告未来的事。他撑着廉价步行手杖,平日固定的散步路线已经越来越难走完。而且,他心想,手杖也许有不同的用途。他拿出电话,打到布鲁克曼教授的家。

三十六

"布鲁克曼教授?"

他从没见过艾迪·史塔克,也没听过这位痛失爱女、大名鼎鼎的警察的声音,但他知道打来的人是谁。

"有事吗?"

"可以跟你讲几句话吗?我叫史塔克,我是茉德的父亲。"

过了片刻,布鲁克曼说:"请节哀。"他想,这句话无可避免要说出口。"你知道的,她死前我们才见到她。"

布鲁克曼不懂什么促使自己这么说,他砸大钱新聘的律师口才辨给，明确指出了在这种情况即使案情可能对己有利也不该说出的话，不要跟任何人说话，更不可对罹难者干过警察的直系亲属说话。

"我知道，教授，"史塔克说，"我想该是时候联络你。"

"我明白。"

"我想我们应该见个面。"史塔克说。

好奇怪，他看茉德模仿她的父亲，听到了纽约以外的腔音，而在她父亲的声腔中，他同样听见茉德演变过的女学生口吻。他听了悲恸得激动起来。

"如果你想见我，史塔克先生，我很乐意跟你碰个面。"

"很好，老弟。"

"你一定非常以她为荣。"布鲁克曼直言。

他聆听电话另一头近乎谨慎的沉重呼吸，史塔克问他："怎么说？"

布鲁克曼觉得一股隐藏不住的怒气上来，自她死的那一夜起，这股怒气就跟着恐惧、懊悔与愤慨一同威胁要压垮他。

"我没听清楚，史塔克先生，你是问我为什么认为你一定以茉德为荣?"

"没错,"史塔克说,"我就是问你这个。"

"因为她是一个杰出的年轻人,你一定比任何人更清楚这一点,我们在哪里碰头?什么时间?"

"我人在这里,教授,我在你的城市。"

"好,"布鲁克曼说,"抱歉,不能请你到家里来,在我的研究室碰面如何?我可以告诉你在哪里。"

"我知道在哪里,"史塔克说,"你不想约公共场所?"

"没必要约公共场所,我们碰个面吧,科特兰楼3A,大楼的门现在大概上锁了,不过我会把锁打开。"

他挂上电话,从卧室的窗口望着外头的暮色。公园道从公园延伸到足球场,下班的车流不多,头两个路口的三盏街灯已经亮起。他打开床头灯,走出房间,停立在楼上的走廊。艾丽在楼下客厅,索菲娅在厨房做功课,她的播放器播着勃拉姆斯,她做功课要听这类的音乐,她有很多事让她在教授的小鬼头之中成为超级另类,这是其中一件。

他往楼下呼唤妻子,妻子面色铁青上楼来。"是史塔克打来的吗?"她轻声问。

"对，"他说，"你怎么知道？"

她耸耸肩膀。

"他在这里，"布鲁克曼告诉妻子，"他想到研究室见我，但他也可能出现在任何地方，下楼去，把门锁好。"

她开始朝楼梯走去。

"听好，"布鲁克曼告诉她，"我过去那边，我走了以后，把门锁上，不要让任何人进来，不管是警察还是什么乱七八糟的人，都不要让他进来，不要开门。"

她点点头，下楼去。布鲁克曼走向走廊底的杂物间，把自己反锁在里面，接着开了灯。这是他收纳户外装备、枪支、钓竿、登山用具、帐篷与防护衣物的地方，还收了一把点三八口径手枪，枪只有几年的历史。他把枪塞进老旧防风大衣的大口袋，准备走出房间。关上杂物间的灯时，有人敲了房门两下。他打开门，艾丽在门外。他就着半暗半明的光线，穿上了大衣，艾丽摸到口袋里枪的轮廓。

"史蒂夫！不要这样去见他，这是不对的，这会毁了你，毁了我们。"她努力压低声音，两人都努力压低声音。

"我怎么能不带,"他对她说,"他也会带。我出去后,你把莫斯伯格枪霰弹装好子弹,子弹在架子上,擦上枪油然后装子弹。我走了。"

"不,"她说,"你千万不能去!"

他抓住她的肩膀。

"别傻了,艾丽,他是来报仇的,他认为我害死他的女儿,他是来跟踪我们的。"

索菲娅还来不及从厨房走出来,布鲁克曼就急急忙忙出门了。

三十七

天色几乎暗了,布鲁克曼穿过萧索的校园走去科特兰楼,河雾笼罩砖楼校舍,让闹区的圣诞装饰品成了遥远而朦胧的佳节色彩。楼房走廊的灯已经关了,布鲁克曼把灯打开,留着对外的门没锁,上楼进研究室,研究室的门也没锁上。他在精美的橡木桌后方坐下。

茉德留了她的平装本《浮士德》与格纹围巾在明显印着校训 Lux in umbras procedet 的船长椅上。几份刊登她那篇专题故事的《公报》堆放在一张摇椅上,而沙发上莫名其妙多了一本《史氏人体畸形可辨典型大全》。

布鲁克曼觉得愧疚懊悔,但驱使他来面对她父亲的不是什么赎罪的幻想，他觉得亏欠这男人，亏欠他女儿死后的名声，但他不是要用自己的命来补偿。见他的一个理由是，他希望把史塔克引开，远离他的家和家人，但鼓动他面对史塔克的主要理由不是悔恨，驱使他的是内心其他力量——过去决定他际遇和命运的因素。他心里最在意两件事：他在山丘下屋子的家人，以及他携枪赴约的羞愧。

他不信因为自己爱上茉德，因为两人之间发生的事，所以他害死了茉德。不过某种血债依旧存在，事件发生之必须承受的后果，他认为那是他要学习的事，他被迫实践的秘密仪式。促使他到研究室与史塔克会面的力量，与他过去从事的高风险探险类似，也许是湮没无闻的诱惑，也许是执迷于无可避免之命运的好奇，还有一股他与生俱来的长久愤怒，对自己，对自己的性情无法满足的愤怒——感觉他出身异常，教养错误，他的生活应受到某种不可知的报应，勇于面对、阻止和克服是他的责任及荣誉。他屈服于茉德的魔力，他给艾丽带来痛苦，他踏上了不幸老翁的复仇之路——都是其中诡谲的一部分。

他听到对外的门缓缓开启，门关上时，建筑响起寂静的回音，史塔克沙沙的绝望呼吸声被扩大了，与脚步及手杖敲在橡木地板上的声音不搭调。

布鲁克曼一动也不动坐着,静静愣在原位。他察觉研究室有女孩徘徊未散的芳气,这股幽香激荡他多日抵抗的思潮。在过去几周迷惘伤悲的中心某处,他仍困在那辆幻影车撞击之前家门口熙攘街道的画面,心中充满可怕的怅然感受,还有生命的感受,爱的感受。一切都失去了,如此不公平,如此依循讨厌的命运法则。茉德输了,而艾丽和索菲娅——他所知道的每个深情动力,在源头死去,抵达时死去。会不会因为对一名美丽少女的喜爱,我让人间地狱降临在我们的生活?布鲁克曼很想知道。茉德可能由于这样数见不鲜的青春冒险,而被引领走上死亡之途?他心想,一切都这么美好,都是因为一个少女与这个世界的美好,因为它的表现形式,它非凡的语言。他等待着,鄙视自己的无力和自怜,却又对命运献上无力和自怜作为自己的托词。他想起她口袋里托马斯·怀俄特的诗。上帝怜悯她。

她宽松的长衫自双肩滑落之际……

他心想,她放在钱包带着,带来给我。他想,上帝怜悯她,怜悯我们,怜悯我。我们竟相信自己是那样博学优秀!世界这样对付我们,太不公平了。

老先生手杖的叩地声令他感到痛楚,接着门口传来敲门声,四拍子的节奏使他想起茉德的信号。

"布鲁克曼教授?"

"门是开着的,史塔克先生。"

他听到史塔克停下来喘气,痛骂让自己如含冤莫辩者坐在书桌前等待的强烈欲望。他突然想到应当站在门边压制老先生,如果他带有武器,也把武器一并抢下。布鲁克曼越来越愤怒,从门口男子仓促虚弱的呼吸中,他察觉到复仇者的满足感,而他自认清白的感受燃烧他的怒火。他双手放在桌上,看着史塔克走进研究室。

艾迪·史塔克看来是个严厉的人,有着警察行事切实的脸孔,习惯了他人对自己的畏惧。茉德遗传到他的眼睛,布鲁克曼心想,由于眼睛的缘故,凭外貌就能把这两个人凑对。

"你。"史塔克说。他的语气并不激动,反而轻轻柔柔,带有满足的意味。有人这样对自己说话很可怕,布鲁克曼的怒气反而增长了。史塔克开口时,手杖从手中落下,咯一声落在木头地板滚了滚。是连锁药妆店卖给老瘸子那种低价手杖。两个男人都低头找手杖,史塔克没有要拾回来的样子。

"史塔克先生,你要用那个打我吗?你要鞭笞我?"

他看着老先生透不过气,片刻后还是无法掩藏他的震惊。

"天哪。"布鲁克曼说。

布鲁克曼站起来,看着史塔克的眼睛绕过桌子。史塔克退了一步,本来握着手杖的右手扶着最靠近布鲁克曼书桌的椅子扶手。这把椅子摆在那里,是要让咨询时间来的学生坐,茉德就经常坐在上头。史塔克双手扶着椅子,缓缓坐到椅子上,继续剧烈地喘气。

布鲁克曼意识到老先生误判形势,不管他原本想做什么,那都超过了他的能耐,不管他原本设想要如何泄恨,如何重创布鲁克曼,那也远远超出他的能力。他靠坐在椅子上,无奈接受人生与呼吸。没有威胁的动作,没有伸手取武器,甚至不想试着说话。起初他无法勉强自己看着布鲁克曼,终于,当他看着布鲁克曼时,他努力不露出他分明感受到的畏惧。布鲁克曼感到羞愧。

"你没事吧?"布鲁克曼躲避他的目光问他,"需要氧气吗?要不要找人帮忙?"

"你这个王八蛋,"史塔克喘着气说,"我来这里,是来要你的命。"

"那样是违法的,史塔克先生。"

史塔克笑了,布鲁克曼想求他休息别说话。

"担任她的指导教授期间,我们成了朋友,我让情况失控,我投入了感情,而她……"史塔克表情里的某样东西让他住了嘴。

"你……你这个狡猾下流的王八蛋,你……孬种,她是个年轻的孩子。"

"不,她是我的学生,史塔克先生,我一直尊敬她,我让我们之间的距离拉得太近。"

"不准那样叫我,假惺惺的混账东西,不准叫我史塔克先生。"

"抱歉,我该怎么称呼你?"

史塔克甩一甩头,看到那动作他好像突然感到一阵痛。"听起来你假装跟她一样年纪,你结婚了,王八蛋,她是个孩子。"

"对我来说不是。"

"好像你们是两个年轻人,你这个手脚不干净的王八蛋。"

"两个成年人。"

"她比实际年龄还天真无知。"史塔克狠狠地说。

"她是一个美丽又有教养的年轻女子。"

"哼,胡说八道,她是一个孩子!"

"那是对你来说。"

"你害死了她,是不是?结果你害死了她。"

"她死于意外。"

"那不是意外。"史塔克坚持着这么说,语气好像知道自己的论点不合逻辑。

"她死于意外,当时那条街上的任何人都有可能遇害,我也有可能。"他把额头靠在一只手的掌根,手肘碰到口袋里沉重的枪,他觉得自己带枪来很可耻。"非常残酷的一件事,"他对史塔克说,"我很难过。"

史塔克张大眼睛瞪着他,因为呼吸阻塞和内心痛恨,布满风霜的俊朗脸庞变得丑恶。

"但是在情感上她比实际年龄幼稚,"史塔克重复地说,"她比实际年龄幼稚,她是个孩子。"

布鲁克曼不经意地耸耸肩膀。他不出声坐着,一来让老人平复呼吸,一来也是是因为他不知如何回答。

"你说到残酷,"史塔克提醒他,"那你呢?你残不残酷?那样粉碎一个孩子的感情,刺伤她的心!你装得好像我不懂,好像我不知道你干了什么。"他咳了几下,掏出手帕,坐在椅子上转过身,两手叠放在椅背上。

长得好看,布鲁克曼心想,他的对手是一个长相好看的男人。但他瘦削伶俐的相貌,看起来完全凋残了,美丽的眼睛浮肿,白皙的皮肤长了细毛,出现脱皮,高耸颧骨底下可怖的蜘蛛状血管瘤毁了容貌。

"教授,我看到你的家人,"史塔克说,"我肯定他们是好人,有了他们,你还不够吗?为何不放过我们?"

"茉德是我的朋友,也是我的学生,史塔克先生,我绝对没有想过要伤害她,我尊重她,我尊重你,你如果认为我对你态度傲慢,那么是你搞错了。"

"你挑逗她,你勾引她,然后你抛弃她,你不应该那么做,我对天发誓,我来这里是要你的命。"

听到那句话,布鲁克曼没有答案,只是为了携枪前来而益感惭愧。

他起身绕过桌子,拿起史塔克的手杖,站到史塔克的椅子边,想把手杖的手把交给他。他把手伸出去时,发现史塔克瞥见他防风大衣右侧口袋里的枪。史塔克挣扎站起来,朝他伸出手,布鲁克曼推了他一下,推得他朝墙壁退去。老先生一面呼哧呼哧喘气，一面伸手拿气喘喷剂。布鲁克曼一步步往后退，一时以为恐怕会害死他，但史塔克呼吸恢复了正常。

"布鲁克曼，你这个王八蛋！"

"非常抱歉，我带了枪来，"布鲁克曼说，"我不知道会发生什么事，我不是来这里开枪打你。"

"好吧，告诉你吧，教授，我反正已经一无所有。你放我走出这里之前，最好想一想，因为我会找人来下手，可怜了你可爱的家人，也许一切是你自讨的。但因为你对我做的事，我会叫人处理掉你，下手的人最懂什么叫残忍，所以他们办事时，你可以告诉他们你的深刻见解。"

片刻过后，他看见史塔克正在嘲笑他，或者假装正在嘲笑他，他的眼神充满活力，发出打从心底的轻蔑光芒。

"你这个阴险的败类，带武器来，身上带着他妈的手枪！"

"我也有家庭，史塔克先生，情况……我要说的是，我来这里并不是要伤害你。"

"你不会伤害我，你伤害我就会被炒鱿鱼不是吗？

你不会伤害我的,教授,我也不会开枪打你,我老了,身体也不行了,不能为了像你这样他妈的烂人,让自己被捉去关起来,忍受一大堆有的没有的规定。"

布鲁克曼观察他,知道他并没有带武器。"关在恶心的监狱,难过死了,你们那些干粗活的留给自己去,我才不去!哼,丢脸吗?为了你?门都没有。"

他一手握拳用力朝另一手的掌心撞去,想用行动表现他提不起气表现的得意。

"你该去医院,史塔克,"布鲁克曼对他说,"你有把握回到家吗?"

"来吧,不负责任的家伙,手枪拿出来看看,让我看看你替我带了什么来。"

"我希望你离开,史塔克,你不走,我只好打电话叫警卫。"

史塔克缓缓站起来。

"我非常抱歉,"布鲁克曼听见自己说,"发生这种事,我非常抱歉。"

老警察端详他。

"你真的很难过,是不是?你觉得抱歉,你在告诉我你觉得抱歉?"

布鲁克曼只是点头。

"运气不好,是吧?每个人都有运气不好的时候,就像每个人都会犯错。"

"我想是吧。"

"唔,布鲁克曼教授,"史塔克说,"我要派来找你的人常说一句话,他们说,有人犯错,就有人得承担后果,所以你要承担后果。他们会解释——我要派来的人会解释,他们喜欢说话,你喜欢说话,喜欢听人说话,所以你会懂的。"

"出去。"布鲁克曼说。

"知道吗,"史塔克说,"你想做对的事,老弟,你该使用那把武器,你万万不该让我走出这里。"

布鲁克曼拿起电话准备叫警卫,还没拨完,史塔克已经走出去了。布鲁克曼猜自己不过是想吓唬吓唬他,绝对不会拨出完整的号码。他把话筒放回去,坐在书桌后方摇曳的吊灯下,听着史塔克的脚步声,以及手杖叩叩叩的点地声。

三十八

乔把车子停在离辅导室一个半街区的路旁。周末即将到来,根据周末停车规定,她必须把车子移到指定的学校停车格。过马路时,她看到中央校园和科特兰楼,窗户都是暗的,只有一扇亮着灯,她怀疑那是不是史蒂夫·布鲁克曼的窗户。一分钟后,她看见艾迪·史塔克从街道远处朝她的方向走来,益发困难的呼吸局限了步伐,手中的长杖带路,支撑右脚跨出的每一步的重量。乔穿过马路迎接他。

"嗨,"她说,"你多留了一会儿。"

"我多留了一会儿,"史塔克说,"没错。"

他的口吻与她几个小时前听到的同样狡猾，犹豫，有些机警，还有一丝威胁。不过他现在透不过气，讲一个字就要喘一下，下颌也在颤抖。他倚着手杖面向她，整个身体似乎深受不安的触动，乔无法判断那是因为身体疲惫或是某种情绪状态。如果史塔克一路走到布鲁克曼的家或研究室，对一个他这般身体状况的人来说，是走了不少路。有没有发生冲突？两人是否互相传达了什么意见？她想第一要务是让这位老人家坐下。

"要去车站吗？"她看手表，"你错过了尖峰时段的班次。"

"那样很严重吗？"

"唔，等车时间比较久，"她说，"嘿，我载你去吧。"

"我本来正要去排队等出租车。"

"这样吧，你到我办公室等，我再送你过去，你就不用在那里枯坐，感染肺炎。"

她感觉到他没有心情争论休息的地点。她带他回办公室，打开灯，领他到先前他坐过的椅子。

"那么，"乔问，"你找到事故现场了？"

他只是点头。乔不知接下来要说什么或问什么，不知所措地思索后续的问题,像是:你觉得怎样?考不考虑捐钱设置纪念斑马线?或者鼓励的评述,譬如:我们发现看到事发的人行道会给人安慰,很棒的校园吧?与车祸地点隔着一条马路的那栋楼,是斯坦福·怀特设计的。她也点点头,心想她已经不再那样坚强,情绪就快崩溃,在他面前哭泣。他将在悲伤中死去,因悲伤而死去。问他会不会为了美丽女儿可能的光明未来而高兴死了?会不会以她年轻的成就为豪?这样问会不会太过分?显然是过分了。

"你的慢性阻塞性肺病,"她问他,"你9·11的时候应该去了现场救援吧?"

她想提一件让他觉得引以为荣的事,但他看她的眼神比之前还要悲痛。

"我见到布鲁克曼,"他过了片刻后说,"你一定打了电话给卢·萨蒙。"

这句话让她觉得自己跑去打小报告,她必须提醒自己无须羞愧。

"我当然要打,我担心最坏的情况发生。"

"我想你是做了你必须做的事,你的担心是对的。"

"我不知道你见到他了。"

"见到了,我们谈过话。"

"那么,情况怎样?"

他耸了耸肩膀,不理会她的问题。

"我看见他老婆和小孩,我看见她们走进屋子。"

"善良的好人,艾迪。"

"我完全相信。"他说。

"听我说,"乔告诉他,"这里许多人很聪明,你可想而知,有的人因为他们发挥才智的方式,对世界有无比的贡献。我姑且算是认识艾丽·布鲁克曼,不是每个人都像她,她非常优秀,艾迪,一直非常优秀。她已经伤得很重,不能再受到伤害,她的孩子也不能受到伤害,她会因为孩子而受到伤害。"

"他不该干那些屁事,跟其他的女人,跟其他人的孩子。"

"当然,他是不该,我想我们必须推测——或许,他动了真感情。他从来没做过伤害她的事,从来没有那种企图,我想他是不成熟吧。"

"我见过许多人因为不成熟而坐牢,干了白痴的行为而蹲苦牢,因为不成熟,不成熟对我不是借口。"

"他喜欢冒险,"乔说,"他没有恶意。他早年生活相当艰苦，是孤儿，得不到足够的母爱，不知道你懂不懂我的意思。"

"那样的人很多。"

"艾德，"乔说，"我认为你有权做你想做的事，我的意思是，我不是真的相信，但在我的故乡，在我去过的地方，我有点相信。"

"很好，"史塔克说，"很高兴有人相信，很好。"

"但我有我的盼望，你是知道的，我盼望痛苦——盼望痛苦的循环在某一点停止。我见过太多了，很多人见过比我更多，但我觉得我已经见得太多了，我盼望看见这个循环在某一点停止住。"

"但愿我能承诺你，但我不能，我不能给你承诺，我不会承诺。"

"我不指望……我不懂承诺，我有我的期盼，希望你能满足我这件事。"

他没有给她答案。

"好了，"她说，"该去坐火车了，坐着别动，我把车开过来。"

她在金牛座的驾驶座上崩溃，无法停止啜泣，即使尖叫，也无法忍住抽搐。

最后她对自己吼:"该死,他会赶不上火车。"接了他上车,他们默默无语驱车前往车站。

车站相当宏伟,乔想搞不好是斯坦福·怀特的作品。或者理查森,或者麦金,这些人其中一个,如果他们之中有人设计过火车站。只是这个城市有着一所雄伟壮丽的大学,该有一座像卡拉卡拉浴场或尼禄浴场那类古罗马公共浴池的车站。她把车停在巨大的门前,门也是模仿某浴场的风格。最后一个让人惊叹的地方是,在工厂区的污秽、铁锈与鸽粪的破坏下,这地方腐朽了数十年,居然还是干干净净的。

史塔克带着手杖挣扎着要下车。

"我下去。"她说。

虽然车站前方的警察已察觉她违规停车,且正朝她的方向走来,她还是关掉引擎。

"不用。"史塔克说。他俯身从打开的右侧车窗面向她。

"我告诉你的朋友布鲁克曼,说我会要他用命来偿,我用——很烂的方法让他知道,要他去死。"

乔目不转睛望着挡风玻璃外,没有看见发飙的警察正在挥动罚单簿规劝他们。

"你可以告诉他,这种事不会发生,就是……不会发生。"

"因为你改变了主意?"

"对,我改变了主意。"

他小心拄着药妆店买来的手杖朝车站大门走去,警察不再对乔大呼小叫,她看起来伤心欲绝,警察担心自己做得太过分。史塔克步入车站前停下脚步。

"没事了,"他告诉警员,"是攸关生死的事。"

三十九

乔·卡尔一下就看见宏伟的救世主堂——一间郊区大教堂——悬而未决的矛盾推着她向前。教堂建造于六十年代,当时自由化力量受到怨恨的反向牵制,举家从曼哈顿或布鲁克林搬到绿树夹道且配有绿色百叶窗独门住宅的人,已经看够了民歌弥撒①、抗议的神职人员,及礼拜仪式中担任圣坛助手的少女。新晋升的主教与为授权俗人而创造的势力,尽其所能积极干扰建筑师的现代主义设计。

---

① folk mass,以民间音乐代替传统礼拜音乐的弥撒。

在庞然的流体曲线拱壁环绕下,白色混凝土外观内有宽敞的阴暗留白空间。按照旧蓝图的设计,日光会驱走黑暗,而今必须用特大的吊灯照亮。圣坛本来设想是朴素的祭台,只有最简单的装饰,但某人如愿加上某种灰色混凝土屏风,上头有圣人和圣母的雕像。无支撑之物的圆柱沿中殿而立。

有一个旧概念还在,那就是纳骨室该沿着侧道配置,芭芭拉·史塔克的遗骸就在其中一间里,骨灰瓮是一个彩色的新艺术派风格容器,史塔克猜想附近葬仪社只有麦詹会提供这种骨灰瓮给客户。他本来想要替茉德选跟芭芭拉一样的圣礼容器,但最后认为那样对她太坏了。今天他们让茉德在类似的瓮中安息,不是石板色的骨灰匣,而是有着令人想起她黑发蓝眼的石制骨灰瓮。

乔·卡尔与玛莉·匹克从埃姆斯伯里南下,雪儿贝·马戈芬自曼哈顿出发,乘坐她当前制片人找得到的最实惠的包车,她之前在纽约市中心区的旅馆出席记者招待会,宣传最新上映电影。史塔克没有跟她们站在一块,他面向已经刻了自己及妻女名字的纳骨室。艾迪·耶利米·史塔克,芭芭拉·弗朗西斯·史塔克及茉德·玛莉·史塔克。他拄着药妆店买来的步行手杖,手里拿着丹尼莫拉花呢鸭舌帽。离送葬者远远的地方，一脸苦闷的助理教堂司事亚瑟·波杰斯站在教堂门边，一名穿着米黄色防风夹克的高大男子与他一块。玛莉·匹克带了堂弟一块前来，他是一位英国教士，正在哥伦比亚大学访友，负责把茉德的遗骸安置在玻璃后方。教士名叫威尔弗雷德·匹克，高头大马，一头杂乱的红发，他的身高让他不必完全伸直手臂，就能把茉德安置到纳骨室。

史塔克差一点就顺利阻止祷告，可惜匹克神甫擅自朗读了《哥林多前书》，朗诵每颗星星荣光相异、肉体是赐生命的灵那一段。

"愿她的灵魂与由于天恩而离世的忠诚灵魂安息。"他结束了祷告。

玛莉·匹克说："阿门。"在身上画十字架。

到了外面，玛莉·匹克说："这地方真丢人。"她和乔、艾迪·史塔克握手，史塔克戴上帽子，接受乔的拥抱，也接受玛莉·匹克的拥抱，还与匹克神甫握了握手。

"能不能送你一程，艾德？"乔问他。

"不用，谢谢，各位，谢谢。"

乔·卡尔、玛莉·匹克和威尔弗雷德·匹克看着他步下教堂台阶，拦下一辆经过的出租车。乔哭了起来。

雪儿贝走出教堂大门，看见好几位出席记者会的摄影师设法赶到了拿骚县，正在台阶上等候着。她禁不住注意到有几个记者在狗仔界的阶层——起码就专业地位而言——比过去为她站岗的记者高个一两级。她自己的相机在黑色雨衣口袋内，是一台小小的宝丽来，趁摄影师拍她照片时，她反过来戏弄他们。她对他们的嫌恶有一部分是装的，她不觉得所有的新闻摄影记者有讨厌的外表，她明白他们也要过活，要钱交朋友，谈恋爱，玩嗜好。在另一方面，她的反感有一部分是发自内心，因为他们经常像吃腐肉的怪物，他们的成功通常建立在与雪儿贝相去不远者的不幸与堕落上。那个下午，教堂台阶上的狗仔呈现怪物的外貌。

她笑容可掬地朝礼车走去，媒体——六七个男子、两个年轻女子——绕着她奔走。一个年轻人穿着昂贵而随便，咽喉有穿洞和刺青，专横地挡住她的去路，回头对她微笑，完全不让她通过。雪儿贝立刻拿出宝丽来。

"马戈芬小姐，"小伙子说，"你会不会担心你的生命安危？"

咔嚓,她拍他照片作为回报。

"老兄。"她一面大声说,一面把照片交给他。"我的牙齿要是像你的那样,我会刷一刷。"

所有摄影师异口同声发出怜悯的哀叹,模仿她洋洋自得的恶毒,大家都有过类似经验。当雪儿贝觉得能够放松的时候,已经忘了这群年轻记者,他们挤在车窗边,有机会见到她落泪,也有机会拍到她落泪的照片。

四十

新年过后,汤顿市一名年轻女子坦承驾车撞死了茉德·史塔克。萨蒙小队长打电话给艾迪·史塔克,史塔克的身体健康状况越来越糟,虽然不再费心节制饮酒,记忆却完好如故。

"女的,"萨蒙向他报告,"叫梦娜·卡贝瑞,马萨诸塞州汤顿市,白人女子,二十七岁,单亲妈妈,小孩十三个月大,没有车险,有情节轻微的交通违法记录,有时跳脱衣舞赚钱,车是她男朋友的。"

"说不定是男的开车?"

"我们认为有可能。"

"天啊,年轻小姐还会做那种事?"

"有时候,你不会信的,也有男的会替女朋友顶罪。"

"老天,"史塔克说,"这个世界还有希望。"

"艾迪,你怎么想?"

史塔克哼了一声。

"他们如果考虑到刑期,通常不会坚持到底,"萨蒙说,"所以我们认为这家伙很快就会露面了。"

"跟茉德写的那篇文章有任何关联吗?"

"看样子没有,那女的跟学校没有关系,而且我们认为开车的是她的男朋友,他最好赶快来救女朋友,不然会后悔莫及。"

"逮捕他,"史塔克说,"他妈的蠢蛋,配不上那女的。"

"他去过伊拉克,拿了个铜星勋章,吸毒被捕过,有严重的药物问题,女朋友说他不想去看球赛,所以她自己去,然后喝醉了,听起来不太可信。"

"没错。"

"嘿,听我说,艾迪,你好不好?"

"我很痛苦,阿萨,但是我老了,病了。"

"嗯。"

"我已经活太久了,不是吗?"

"那由不得我们,你是知道的。"

"哼,去他的,阿萨,你要跟我说什么?去他的宗教,我已经烦了,我想找药吃,可靠的药,我不喜欢到街上找药贩买。"

"当然,艾迪。"萨蒙不赞同,拿出男人的样子来啊,伙计,他心想,没有人是不死的。不过,当然不是每个人都一定会失去一个美丽的孩子。

"我得去找你要回我的枪,阿萨。"

"不还,你要不回去。"

"幸好你拿走了,真的,我搞不好真的干掉那个混账东西。"

"你要不回去。"

"那我就去买一把,但我不想买。"

"很好,艾迪,你不需要,你这样的人不需要。"

"知道我为什么不买?"

"当然,你已经干了,你伤到其他人,你伤到我。"

"跟你说吧,我不担心什么吞枪不吞枪,我担心轰了什么人,人家记得我自杀没关系,但我不想被人记得我是个浑蛋，发飙的神经病。"

"不要伤害自己，艾迪，交给上帝处理——就像——你知道我的意思，兄弟，不要再伤害自己了。"

四十一

翌年春天的某日,史蒂夫·布鲁克曼最后一次走在校园中,结果在大学图书馆前面巧遇约翰·史波福及玛莉·匹克。

布鲁克曼很高兴得知史波福最后没有遭免职,他认为让他继续干下去的决定是明智且公平的,而他自己不会奢望学校让他留下来。他们三人站在图书馆前,许多路过人偷偷观察他们。他们都同意埃姆斯伯里在四月很宜人,随便哪一天都胜过英格兰。每年春天,大家交谈的内容或多或少都一样。布鲁克曼意识到自己来年四月应该在九千六百公里以外的地方,迫不及待支持这些陈腐的话题。玛莉·匹克依旧冷漠，布鲁克曼与史波福掩不住尴尬之色。

互相告别时，布鲁克曼和史波福无疑希望这将是他们最后一次说再见，布鲁克曼对他伸出手，说："Semper fi.①"

"是，"史波福回答，"行。"

布鲁克曼马上发现，在这样的环境，对眼前的同伴，这样的用语并不合适。史波福同样想让这句话消失，这句话令人难堪。

两个男人环顾四周，想找个收回这句话的方法，结果史蒂夫、约翰和玛莉见到经常在校园出没的精神分裂症患者，茉德·史塔克死的前几周，布鲁克曼频频注意到的那人。他站在离他们几步路远的地方，三个人挡了他的路，他目不转睛，好像在他们身上看见什么恐怖的东西。他们连忙让开，那人发出一个声音，一个极度痛苦害怕的呻吟，似乎从他体内深到无形的某处发出。

玛莉·匹克看似受到惊吓，但布鲁克曼认为她以前一定经常见到他。"你没事吧，先生？"她用非常伤心的

---

① 拉丁语，美国海军陆战队的格言，意为"永远真诚"。

口吻对男人说。

他惊惧地对他们看了最后一眼,转过身去,朝着反方向匆匆离去。三人无言,在那里稍停,望着他走远。

四十二

艾尔莎·班扎登豪特·布鲁克曼教高等人类学到六月,她的丈夫签了约,准备写一本关于堪察加半岛的书,所以先去了西雅图作行前准备。七月时,艾丽生下次女,她与史蒂夫给女儿取了《皆大欢喜》一剧里慧黠女主角的名字:罗莎琳。布鲁克曼返回东岸,但错过了女儿诞生的那一刻,妻子比预产期早了几天分娩。又生了女儿,他并没有不高兴。一家团圆三周后,布鲁克曼返回他的作战指挥部,在暂停田野调查之前,一个月起码回来一趟。年底,艾丽搬离布鲁克曼一家本来住的房子。

艾丽继续这份工作,也在学校许多人的反对下,继续与布鲁克曼的婚姻。他们打算搬去波士顿,她将从波士顿通勤,不再参与埃姆斯伯里的社交活动。史蒂夫写书,过了一段时间,他越来越着迷老虎,便计划再去西伯利亚冒险,偶尔带着艾丽和孩子同行。

茉德死了,他对茉德的爱情错觉之深,导致她的死亡,让他满心悔恨和歉意,最痛的是察觉自己不值得尊敬,以及大学的生活、教职和教职特权让他变成一个庸人。艾丽对他提出一项要求,大致是对婚姻忠诚的承诺,但不是用任何客套话、言辞、耳语或针织箴言挂饰来承诺,而是一个更可怕的要求,这个要求令他饱受羞愧的折磨。因为它迫使他明白一件事,他本就有必要为她重新开始过道德生活,而他却逼得她这样的人对他提出如此的一个要求。

结果,他对艾丽的爱慕,他为了觉得配得上她而积蓄的力量,大过任何威胁他们之间羁绊的事物。艾丽也面临类似的情形,她其实自负,又懂得何谓爱情,她身边没有人曾经怀疑她不懂爱,她是一个十分肯定她要从男人身上得到什么的女人,不会忍受只是基于爱慕的感情。他们承认彼此的长处,克服了比连续出轨、猜忌或天真幻灭还要艰难的婚姻问题。不过，他们走过来了，靠严冬，靠观赏极光与近在咫尺的老虎，勉强走了过来。

有好长一段日子，布鲁克曼想象自己完好无损摆脱他做过的事与在大学的遭遇。后来有一天——在西伯利亚的某个午后，四周森林树枝收缩，像步枪发射一样发出噼啪噼啪声响，有个影子彷彿在雪地上展开，雪自脏灰色变成近乎黑色，布鲁克曼发现他迷路了。他在熟悉的土地上，他和艾丽一块住的小屋一定在方圆八百米之内，但地形地貌对他没有意义，没有一样东西提供他方向的线索。在下一刻，他跌倒了，狠狠跌了一跤，感觉像是从相当的高度骤然落下，肩膀碰到结冻的地面时，他呼吸变得急促。他试图站起来，阴暗的四周似乎比之前更阴暗，他听见周围冰封的大树枝激烈地发出噼噼啪啪的声响，但那里一点风也没有，只有结冻停滞的寂静围绕着树枝的声响。他感觉不远处有一只猫。

布鲁克曼在干燥灰暗的雪上伸出手臂，他手肘向下，想转动手臂，在地上找一个支点。他上气不接下气，费了好大的劲，想把手臂转到某个方向，手臂却往反方向转。他越是咬紧牙根使出力气，手臂越是从关节处往反向转动，令他痛苦不已。他往下瞪着手掌，他想要举高的手掌，他发出呼喊，近乎尖叫的呼喊。四周黑暗的森林照亮他的遗憾。

可惜他从此不能再躲避。经历那日的摔倒后，想起发生过的事对他会是一顿前所未有的笞责，此后他走的每一步都会镶着阴影。他已经发觉他自我辩护、自我放纵的能力无法深入其境。

他以为会承受痛苦和寒冷死在原地，但他没有死，他找到小屋，找到返回艾丽身边的路。睡眠舍弃了他，有几周他的手臂不听使唤。他，就某种意义而言，再也不是以前的他了，但那一点只有他和艾丽明白。

他到四十公里远的一座金矿找离他最近的医生看诊，俄罗斯医生熟练地动了动他的手肘，露出得意的笑容。"你的手臂没问题，老兄。"俄罗斯人近来开始喜欢叫人"老兄"，尤其是对美国人，他们认为美国人无权在这里。

"痛得要命。"布鲁克曼告诉他。

"真糟糕。"医生说。

手臂功能恢复时，他对艾丽谈起这件事。

"我偶尔也有类似的情形，"她说，"像是昏厥，我小时候常常昏倒,你一定是被我传染。"

"它是有意涵的,"他说,"那次摔跤是有意涵的,好像跟某件事有关,你知道吗?在家发生的每一件事。"

"当然知道。"她说。

开车撞死茉德·史塔克的是客队大学的毕业生,他的弟弟参加那场比赛。他是受过勋的美国陆军上尉,参加了代号"沙漠风暴"的军事行动,现在退伍了。他入伍后受酒精和药物问题所苦,本来不想去看球赛。意外发生后,他由于恐慌出现迷游症症状,做尽了蠢事——太晚才通报车子遭窃,想自行动手修补车体,又把车送去修车厂,企图掩饰自己的修补痕迹。在他不知情的情况下,女友上警察局供认他是开车的人。他知情后,进警察总局,坦承罪行。他得到法庭的怜悯,但是要关一年。

茉德走后的几个月,气候依然不稳定,白昼在春日似的朦胧暖意中展开,午后气温转为严寒。有些日子则是相反。在一个寒冷的早晨,乔驾车前往一个叫老布莱顿的死寂工业区,见一位名叫维克多·雷纳的精神医师友人。雷纳医生的父亲是匈牙利著名的治疗师,二战期间逃到哈佛。维克多与一个学生患者私奔,跑到他的宗教导师主持的印度修道院,因此失去人人觊觎的教授教职。

解职之后,雷纳医生终究重新取得执照,以受聘身份替州政府工作,主要的职责是替身心障碍者开具证明,让申请人享有残障福利。他有一间作为私人诊所但难得看诊的办公室,位于一幢颓圮的十九世纪大宅,屋子原属老布莱顿某制造厂老板。

乔·卡尔和维克多·雷纳都曾卷入南美的激进改革运动,只是在南美大陆的不同地区。他们之所以成为朋友,因为两人皆曾努力支持在上个世纪成功的集权主义纯粹哲学狂想。乔坐在一张快垮的椅子上,面朝维克多在善念企业①买来像是枫木的金色书桌。透过他办公室的窗户,可以看见他身后萧条的街道,一节节的运货列车嘎啦嘎啦响,走过街道另一侧"波士顿与缅因州铁道公司"铁轨,无顶车厢上整齐堆放着以金属箍架固定住的空木头栈板。

---

① Goodwill Industries,美国慈善机构,除了协助身心障碍与社会弱势人士就业,也在各地设立二手商店募集经费。

维克多和乔原本聊着茉德·史塔克的死,在最后一辆货车通过之前,他们不得不暂停对话。

"那梦呢?"

"我梦到安第斯山脉的至高处。"

"你梦里去过那里。"

"对,我在天空看见星星,看见他们叫'绘架'的星座,在某些地方这个星座是神圣的。"

"那你有什么感受?"

她差一点笑出来,他之前问她同样问题好几次。"那是一个噩梦,维克。"

"联想……"

"恒久不变东西的一角,深植于历史的精神人物,一个创造出来的秩序。以及我们两个都见过人民为追求而付出生命的每一个观念。"

"结构主义思想。"维克多说。

"我梦到那个可怕的神甫,我看见他在街上,他属于其他一切。"

"你不用我来解释这些事,乔,你已经跟我解释了。"

"历史……潜在的真相污染了历史,我们俩都曾被自以为代表它们的人烧伤。潜在的真相。你想，这些事在那里有没有哪一个是客观的？"

"乔，如果只能答有或没有，我只能说没有，虽然这答案违反直觉。"

"为什么违反直觉？"

"噢。"维克多讲话时，他的身后又出现一列货车的声响和形体。"因为人总是希望自己的痛苦有些什么意义。"

他剩余的话语让火车的声响盖过。乔始终后悔没多花一些时间协助年迈的史塔克，她或能与他结为朋友，她绝对能够鼓励他活下去。她感觉了解他会是一件很有意思的事，也肯定茉德若能活到可以深入认识她的年纪，了解这个年轻人也必定很有意思，况且曾有人以为乔本身避免与人交际。思索她本来或许可对史塔克、对茉德所做的付出，有助她熬过工作上的徒劳努力。

女儿死后三个月，史塔克也走了，骨灰与妻女的一同安放在救世主堂纳骨室。

图书在版编目（CIP）数据

黑发女大学生之死 / (美) 罗伯特·斯通著；吕玉婵译.
-- 上海：上海文艺出版社，2018
 ISBN 978-7-5321-6452-3
Ⅰ.①黑… Ⅱ.①罗… ②吕… Ⅲ.①长篇小说—美国—现代
Ⅳ.①I712.45
中国版本图书馆CIP数据核字(2018)第080897号

DEATH OF THE BLACK-HAIRED GIRL
by Robert Stone
Copyright © 2013 by Robert Stone
Published by arrangement with Houghton Mifflin Harcourt Publishing Company
through Bardon-Chinese Media Agency
Simplified Chinese translation copyright © 2018 by Shanghai Literature and Art Publishing House
ALL RIGHTS RESERVED
著作权合同登记图字：09-2016-750号
本书中译本由时报文化出版企业股份有限公司授权
著作权合同登记图字：09-2017-012号

发 行 人：陈 征
责任编辑：曹 晴
封面设计：胡 斌

书　　名：黑发女大学生之死
作　　者：(美) 罗伯特·斯通
译　　者：吕玉婵
出　　版：上海世纪出版集团　上海文艺出版社
地　　址：上海绍兴路7号　200020
发　　行：上海文艺出版社发行中心发行
　　　　　上海市绍兴路50号　200020　www.ewen.co
印　　刷：苏州市越洋印刷有限公司印刷
开　　本：850×1168　1/32
印　　张：10.25
插　　页：5
字　　数：112,000
印　　次：2018年8月第1版　2018年8月第1次印刷
I S B N：978-7-5321-6452-3/I · 5156
定　　价：59.00元
告 读 者：如发现本书有质量问题请与印刷厂质量科联系　T: 0512-68180628